崖

大島直次

崖　目次

崖

一

永遠の不在になるのか。一九六〇年代の後半に、生まれ育った「峠の街」を出たときは、あいつも自分の未来に向かって旅立ったと言ってくれた叔父がいたが、その叔父も亡くなって久しい。故郷を目前にして私もその叔父のそばに行くことになるのか。ここから愛する故郷が見えている。手を伸ばせば届きそうな距離なのに、いま私はその距離を埋める術を持たない。

少年の頃、何度も繰り返し見た夢のひとつに、高いところからゆっくりゆっくり、まるで自分が紙切れになったみたいに時間をかけて堕ちてゆく、おなじみのシーンがあった。堕ちそうでなかなか堕ちない緊張感と長い恐怖に苛《さいな》まれて、目覚めた時には全身に軽い疲れが残っていたものだ。夢などではなく、いまそれが現実となって私に襲い掛かっている。

崖から車ごと転落した瞬間、何故か自分の状況よりも中学の理科教師の鷲鼻やスペイン南部の小さな町で観た躍動する闘牛の背を思い浮かべていた。しかし、かろうじて木の枝に車体が引っかかり、まだ命があることがわかったとき、本当の恐怖に襲われた。私は私の死に直面したのだ。

命がある以上、この絶望的な状態を少しでも改善しなければならないが、ちょっと体を振るだけで車体が揺れ、車を支えている木の枝がいまにも折れてしまいそうなのだ。枝が折れると同時に車と一緒に薄暗い谷底へ、生の終息に向かって転落することになる。そして、この谷底の冷たい土の上に横たわり、私をこの世に送り出してくれた母にさよならを言うこともかなわず、この地球上から私の存在そのものが消えてゆく、本当に夢であってほしいのだ。木の枝に引っかかったのは僅かな偶然にすぎないが、まだ運に見捨てられたわけでもなさそうだ。

明らかに、私の運転ミスだった。発端は道に迷ったことだ。街へ向かっているはずの車が、なぜか山道を進んでいたのである。気がつくのが遅れたのは、山道らしくない舗装された道路だったせいだろうか、つまりは油断してしまったのだ。おまけに少年の頃何度か通ったことのある道を間違えるはずはないと高をくくっていたのが却って災いしたのかもしれない。考えてみれば少年の頃の記憶といってもすでに四十年以上も前のことだった。

もともと私は方向音痴なところがあって、感も冴えず、東西南北を瞬時に判断できない。地図を見るのはハナから苦手だった。道幅が急に狭くなり、砂利道になってからちょっとおかしいと思ったが、しばらく車を走らせてからあらためて間違いに気づき、不本意な気分のまま引き返そうとしたのがいけなかった。一旦車を降りてUターンできるスペースを探したが見当たらない。運転席側が山で、左は切り立った崖になっている。バックで分岐点まで戻るには、かなりの危険を伴う。

どうしたものかと、谷底を覗き込んでいると、いかつい形をした四輪駆動車が道幅いっぱいに後ろから迫って来た。近くに車の待避場所は見当たらない。おまけに山側から生い茂っている雑草やススキの穂が道幅を狭めていた。私はすっきりと行動を決めないままに車を発進し、走りながら待避場所かUターンできるスペースを探すことになった。二百メートルほど進んだあたりに三叉路が見えてきた。その枝道に車をバックで突っ込み、切り返して元の道に引き返すことにした。

枝道は細く、下り坂だった。後退して入った車体は後ろが極端に低くなった。運転席に座っている私の目線はフロントガラスを見上げる格好になる。左側の崖下には雑木が欝蒼と茂り、その木々の間から故郷の街の切れ端が見えた。

道を間違えていなければ、そろそろ故郷の峠の街に着く頃だった。母や弟をはじめ叔母や従妹たちの笑顔が思い浮かんだ。今夜はささやかな宴会になるはずだ。早めに墓参りを済ませておきたい。明日は父の二十七回忌である。

——元気そうじゃないか。

——白髪が広がったね。

——もう、助役になったのかい?

それぞれが、それぞれの言葉で出迎えるに違いない。母と同居している弟には真っ先に、背負っている母の重さをねぎらわなければならないだろう。それとも独身のまま高校の生物学教師として生きてきたことの気楽さをからかってやろうか。その母と弟が何かと世話になっているに違いない隣に住んでいる叔母とその長女には、ひたすら感謝の言葉を尽くすしかない。さて、母には何と声をかけようか。

――長生きしてくれて、ありがとう。

これでは、月並み過ぎて何も伝わらないか。九十一歳という生の背後にある時間の厚みは、どんな言葉も軽い印象を与えてしまう。やはり黙って抱きしめるしかないか。

いましがた四輪駆動車が私の目線の遥か上の方を右から左に通過して行った。私はAT車のギアをドライブモードに入れ、アクセルを踏み込んだ。しかし、どうしたことだろう。前進するはずの車がいきなり後ずさりをはじめた。慌ててフットブレーキを踏み、サイドブレーキを引く。もう一度アクセルを踏みながらゆっくりサイドブレーキを戻そうとした。しかし車体はずり下がるように後退の動きを止めず、次の瞬間左後方から大きく傾いた。

「えっ、なぜだ！」

ブレーキを踏みながら無我夢中でハンドルにしがみつく。その格好のまま体が宙に浮くようにゆっくり反転し、続いて車体が急回転しながら谷底に向かって転落していったのだ。時間にして数秒のできごとだったに違いない。金属が潰れる悲鳴のような大音響と木の枝がバリバリと折れる音が遠のく意識の奥を掠めた。

どのくらい時間が経ったのか、気がついた時は助手席の足元に敷いてあったマットに顔半分を覆われて、仰向けに横たわっていた。そのマットを払いのけて最初に見たのは、私の太腿より少し細いくらいの木の枝だった。その枝が顔の上を運転席の窓から助手席の後ろにかけて、ワンボックスタイプの車内を斜めに貫いていた。木の枝がなぜ車の中に入っているのか、すぐにはのみ込めなかった。私の車はタイヤを上にして逆さまに木の枝に引っかかっていたのだ。

体を起こそうとすると車体が揺れ、中を貫いている枝がギシギシと軋んだ。慌てて体を静止し、目だけを回して車内を見回す。車体が回転しながら太い枝に突き刺さり、刺さった枝は勢いで車内を貫通したに違いない。砂利道に入ってから窓を全開にしておいたことを思い出した。もし、窓が開いていなかったら、窓ガラスを破って木の枝が車内を貫いたとしても、分厚いガラスの断面で負傷するか、致命的な大怪我をしていたかもしれない。

運転席から侵入してきた枝が私の頭をひと突きに砕かなかったのは、それより一瞬早く助手席の方に振り回され、車の天井に叩きつけられたからに違いない。そう考えると、あらためて身が凍る思いがした。どうやら出血を伴う怪我はなさそうだった。血がでていれば、また別な心配をしなければならない。

左脚のあたりに重い痛みを感じた。膝を曲げようとした瞬間に鋭い痛みが走った。単なる打身であれば時間の経過とともに痛みは和らぐだろうが、骨に亀裂が入ったとすれば、この宙吊りになった車体から脱出することは不可能だ。この状況下では、誰かに発見されることを期待するしか方法はないかもしれない。

しかし、人も車もめったに通らない脇道だった。発見される確率は極めて低いだろう。それよりも私の車は山道を通る車から見える位置にあるのだろうか。先ほど追い越していった四輪駆動車のように、運転席が高い位置にある車が通るとは限らない。おまけに車は濃紺のボディーカラーに塗り上げられている。周りの緑に補色されてほとんど目立たない。

携帯電話を持っていたことを思い出した。胸ポケットあたりを手で探ってみたが、それらしい感触はない。手の平をゆっくり体の回りに這わせてあたりを探ってみたが、確認できたのは高速道路の領収書や黄色に変色したガソリンスタンドのサービス券、車検証や音楽CD、地図帳、昨年春の旅行先で入館した美術館の半券などで、これらがダッシュボードから飛び出して散乱しているだけだった。皮肉なことに交通安全の御守りが尻の下から出てきて、思わず苦笑してしまった。携帯電話が体から離れたとしても、車内のどこかにあれば望みを繋げられるが、転落の衝撃で胸ポケットから飛び出し、谷底に落下した可能性のほうが高かった。

腕時計はしっかりと左腕についていた。スイス製の自動巻銀時計で、一九七一年に亡くなった姉から受け継いだものだ。もともとは父の絵が県展の金賞を受賞したときの副賞として贈られたもので男物の時計だった。父にとっては大事な品だが、姉が看護学校を卒業した記念に贈ったものである。しかし、その父も死に、いま私の腕にある。文字盤の上蓋にヒビが入っているだけで体から放れず止まらず、よくぞ無事だったと生き物のように頬ずりしたくなった。もしかしたら死んだ父や姉が私の命を護ってくれたのかもしれない。

午後四時をすでに回っていた。事故に遭ってからもう二時間以上も経っていることになる。やがて夕暮れが迫り、故郷の街の辺りも薄暮色に変わるだろう。そして、一時間もしないうちにこの深い谷の底まで漆黒の闇に包まれる。そうすれば、私の発見は夜明けを待たなければならない。自力脱出ができず、発見もされないとしたら、宙吊り状態のまま自分の死を看取ることになるのか。時計はまた、私の意識がある間は私の死を秒読みの段階まで律儀に時を刻んでくれるに違いない。

冬の朝のことだった。白衣を着た軍医上がりの医者が祖母の手首から脈拍を確認し、懐中時計を取り出しながら、瞳孔を覗き込む。そして、低い声で「六時五十四分、永眠されました」と言った。一瞬、時間が止まったように祖母の寝ていた部屋が寒々とした静寂に包まれた。六歳になったばかりの私が、初めて人間の死を身近に体験することになった瞬間である。六、五、四という数字だけが頭の中に呪文のようにいつまでも残っていた。

いまここにある私の生も、時に刻まれてあった。やがて意識が薄れ、私の周囲に置かれているあらゆる物質や抽象的に意味づけられていたすべての事柄が遠のき、暗闇の世界に包まれる。そのとき私は、自分の死をどう迎えるだろうか。

車内を貫く木の枝を目で辿っていくと、幹から分かれる枝の根元のところから大きく裂けていることがわかった。車はその枝の先にぶら下がっていることになる。体を動かすたびに車体がギシギシ揺れるのは、生木を無理に裂いた状態がバネのような役割を果たしているからだろう。しかし、そのバネにあたる部分はいつ裂け落ちてもおかしくはなかった。不用意に力を加えると、樹皮を剥くように下まで一気に裂けてしまいそうなのだ。

今度は上体を慎重に浮かすようにして、肉眼で左側の崖下をみる。高さは五、六メートルもあるだろうか。マンションの二、三階くらいから見下ろす按配だ。飛び降りることができるだろうか。しかし、よく見るとあちこちに切り立った岩肌が露出している。間違うと着地した途端に大怪我をし、その場から一歩も動けなくなることもある。結果として、いまの危うい状態がさらに悪化しかねない。

もうすぐ闇に包まれる。林の向こうに暮れなずむ故郷の街が見えている。一刻も早く故郷の家に帰り着きたかった。心おきなく安心できる家族がおり、質素だけれど、てんこもりの団欒と馴染みの大テーブルを囲んで弾けるような笑顔があるはずだった。明日の昼前には妻と子どもが到着する。私はそのローカル空港まで迎えにいき、昼過ぎから父の法要が始まる。客が引けた後、私たちは母の介護について、ゆっくりと話し合うつもりだった。こんなところで道草を食っている場合ではないのだ。脚に異常がなく、もう少し若かったら飛び降りていたかもしれない。一種の賭けだが、リスクの大きい賭けでもある。無事に着地したとしても、故障を抱えた左脚をかばいながら道路まで這い上がることはできそうもない。ならば、谷底に向かって這い降りるか。そのほうが早いかもしれない。いずれも無事に着地した場合だけである。

左脚を両手で持ち上げるようにしてゆっくり動かしてみた。やはり、激痛が走った。しかし、骨の異常ではないようだ。大腿の付根の筋肉か筋を痛めたようだった。転落する狭い車の中で無理に体を捻るように転がされたせいだろう。打ち所も悪かったに違いない。

二十代の後半だった。その年の夏の朝、右脚の大腿の付け根の辺りに電気ショックを受けた時のような強い痛みを感じて起き上がれなくなったことがあった。それは何の前触れもなく、全く唐突に、間歇的に襲ってきた。まだ、独身の頃で誰の助けも得ることができず、一日目はほとんど寝て過ごしたが痛みは和らがず、数十センチの移動にも耐えられなかった。二日目に痛みを騙しながらタクシーを呼び、這うようにしながらやっとの思いで市内の病院にたどり着いた。しかし診察の結果、残酷な病名を付けられた。

担当の若い整形外科医はレントゲン写真を私の目の前に映し出し、その部分をキャップのついたボールペンの先で示しながら「大腿骨頭壊死」と告げた。

「ここに黒い影がありますね。かなり大きくなっているのが分かるでしょう」

太腿の付け根の血管が詰まってその先の血流が止まり細胞が腐ってしまう病気だという。

「いますぐ入院してください。検査の結果によっては右脚を切断しなければいけません」

余りにも衝撃的な診断結果だった。しかし、衝撃が大きかったせいかそのとき私の中には絶望的な気持ちとは裏腹に、そんな馬鹿なという冷静な思いがどこかに付着していた。私は傷む脚を庇いながらやっとの思いで自宅に戻り、翌日あらためて都心にある大学病院で診察を受けた。結果はまったく拍子抜けのするものだった。

「単なる打ち身ですね、湿布薬でも貼っておきましょうか。どうします？」

痛みは翌朝、嘘のように消えていた。一人だけの部屋で誰はばかることなく、涙を流しながら笑ってしまった。あのとき、若い整形外科医の診察に従って右脚を切断していたとしたら、私にはまったく別の人生が待ち受けていたに違いない。もしかしたら、いまの痛みも打ち身程度に過ぎないのかもしれない。私のどこかにそんな期待があった。あの夏の突発的な痛みの原因は、いまでも謎のままだ。

峠の街に明かりが灯り始めた。私はこの街の素朴な夜景が好きだった。気の利いたネオンがあるわけではないが、家々の窓から洩れる温かな光りがあり、心を和ませる落ち着きがあった。ここにいても人々の生活のリズムや息遣いが聞こえてくるようだ。

夏の早朝には、水を打った家々の前を通るのが好きだった。夕方には味を封じ込めた魚の一夜干しを焼く匂いも私の好きな風情だった。この街で私は生をうけ、この街で育ち、この街を出て半世紀にならんとする。母を想い、父に畏敬の念を抱きながらもその生き様を認めることができずこの街を出たのは、自分のなかに潜んでいる得体の知れない怒りのせいだったのか。

姉が死んだ日も父は不在だった。売れない絵を描いていた父は、アトリエに籠もるという口実で女の家に入り浸り、女と睦み合っていた。その父も六十代の後半にくも膜下出血であっけなくこの世を去り、私は父の頭上に振りかざした拳の下ろしどころを見失ってしまった。私は、父の生きたいように生きた生き方を認めるわけにはいかなかった。長男としての気負いがあったのかもしれないが、家族の未来に壊れかけた壁のように立ちはだかっていた父の存在そのものを鬱陶しく思いながら成長していたのかもしれない。

峠の街の時の鐘が鳴り始めた。午後五時、私は禅寺の鐘楼と老住職を思い浮かべた。幕末に建立されたといわれるその寺の鐘は百数十年もの間、同じトーンの鐘の音を街に響かせてきたに違いない。その禅寺の老住職は、父の恩師であり、碁打ち仲間でもあった。父が家にいると、袈裟を着たまま古自転車のペダルをギーコギーコ鳴らしながらやってきた。仏壇に線香を上げ、父と碁を打ち、焼酎を呑んで上機嫌で帰る後姿がいつも印象的だった。私の顔を見ると、坊《ぼー》、坊《ぼー》と言って可愛がってくれた。

「坊、在野に賢人なし、という中国の言葉を知っているか？」

あるとき、住職は中学の制服を着た私を摑えて気まぐれに質問した。

「賢い人は皆、役人に登用されるという意味じゃ。坊も志を持って国を動かすような賢人になれ。間違っても売れない画家にはなるなよ」

住職は豪快に笑い、母も洋服の縫製の手を休めて笑い、父が苦い顔をする。この三人の位置関係と表情は、後に父が油絵の具で描いた別の場面の作品となって六十号のキャンバスに定着していた。その絵はいまも寺のどこかにあるはずだった。

突然車体が縦に揺れた。あわてて何かにしがみつこうとしたが、掴めるものがない。薄暗がりのなかで、上から突き出ているサイドブレーキの取手が見えたが、掴むことができない。そのすぐ横にあるギアチェンジレバーを握ったときには、揺れは収まっていた。

一体どうしたのだろう。私はチェンジレバーを握り締めたまま、揺れの原因を考えていた。たしかに風が少し出てきていたが、風に揺さぶられた程度の、やわな揺れではなかったような気がする。車を支えている生木の裂け目が広がったのかもしれない。

握っていたチェンジレバーがずりずりと縦に動いた。見るとギアがバックモードに入っている。ギアチェンジシステムが壊れたのだろう。通常、ドライブモードからバックモードに切り替えるときには、ブレーキペダルを踏み込まなければチェンジレバーは動かないシステムになっている。その逆も同じだ。

次の瞬間思わず、あっ、と声を上げてしまった。車が転落した原因に思い当たったのだ。

そうだ、私は谷に転落する直前、間違いなくブレーキを踏み込んだままバックからドライブに入れたはずである。しかし、車は後退し、結果として左後方車輪から谷へ滑り落ちていったのだ。バックからドライブに入れたはずのレバーがニュートラルに入っていたことが十分に考えられる。

フロントガラスを見上げるような急斜面でブレーキペダルから足を外せば、車は自ずと後退する。右足をブレーキからアクセルに移した途端に車がずり下がったのはそのためではないか。前を見上げる格好からレバーを操作し、いつもより目線の低い位置からギアポジション表示を見たためにドライブに入れたはずのレバーは、実はニュートラルに入っていたのだ。

転落の原因は、私の粗忽な操作ミスだった。しかも一瞬にして人生を閉じてしまうほどの重大なミスでもあった。何ということだ。

二

命とはだれもが持っている時間のことだと聞いたことがある。たしかにいま、私のなかを時間が流れている。少なくなった自分の持ち時間が過ぎていくのを強く感じる。戦場で銃殺の順番を待っている兵士のように、一滴一滴としたたり落ちる時間をいとおしく感じる。その流れが止まった瞬間の自分を私は想像したくなかった。

トラックの荷台から落ちて死んだ直後の男の顔を見たことがあった。暗紫色に変色したその顔は、目を異様に大きく見開いてこちらを見ており、すでに息絶えていた。私が十一歳になったばかりの雪解けの頃だった。

ドスンドスンという地響きに驚いて私と弟は国道に飛び出し、音のしたほうへ駆けていった。ちょうど、ボンネット型のトラックが国道からやや低くなっている空き地に転倒し、一回転して起き上がったところだった。北国特有の、盛り土に砂利を敷き詰めて一段と高くした国道の路肩が雪解け水で緩んでいたのだろう、トラックはその路肩に後輪をとられて転落した。荷台に薪材を山盛りに積んでいたらしく、丸太状に短く裁断した不揃いの薪が辺り一面に散乱していた。男はその薪材の上に乗って移動していたらしい。

かすかに呻き声が聞こえた。誰かが下敷きになっていると直感した私は、わけが分からないままに呻き声のするあたりの薪材を取り除きにかかった。何かそうしなければならないような切迫したものを感じたのだ。弟も私の姿を真似て薪材を除き始める。しかし、一向に声の主が見えなかった。通りがかった人や近所の大人たちもその緊迫した光景に気がつき薪材の除去に加わってくれた。野次馬もふえる。呻き声は次第にか細くなる。やがて薪材をおおかた除去した頃、呻き声が止んだ。私は急に力が抜けてしまった。間に合わなかったことに気がついたのである。子どもなりに空しさのようなものが残った。

後でわかったことであるが、男は薪材の下敷きになったのではなかった。トラックの転倒と同時に彼は荷台から大きく振り落とされて地面に叩きつけられ、その直後に運悪く一回転して起き上がったトラックの前輪が顔の上に乗っかってしまったのだ。彼は地面とタイヤに顔を挟まれ、呻きながら力尽きたのである。いくら薪材を除けても、男を発見できなかったわけである。運転していた若い男は肋骨を折り、気絶状態で救出された。私と弟は彼のどす黒くなった死に顔を見た。その切ない男の顔が脳裏に焼きつき、何故か責められているような居心地の悪い感覚がいつまでも残っていた。その事故のあと私と弟は、事故現場の近くを通るたびに急ぎ足になる習慣がついてしまっていた。

あのときの男の顔のように、私も心残りな気持ちをたっぷりと浮かべたデスマスクになるのか。目を閉じてくれる人がいなければ、両眼をカッと見開いたまま硬直してしまう。私のなかを流れている時間が、永遠に凍り付いてしまうに違いない。体が動かず、運悪く熊でも現れたら自分を防御する方法がない。つまり私の命は夜明けまで持たないということになる。いつかバラバラに食いちぎられた私の体の残骸が発見される、とても遺体と呼べる代物ではないだろう。人間を食い殺した直後の熊を撃ちとって胃の中を調べたところ、足の踵の厚く硬い肉だけが残っていたという話を週刊誌で読んだことがある。私の体もそんなふうに一部だけが残滓のように存在してしまうのか。

闇に目を閉じ、耳をそばだてる。熊が地面の草木を踏む音や幹に爪を立てる音、強張った体毛が笹の葉に擦れ合う音や息遣いなど、どんな音でも拾い上げようとして耳を澄ませた。風が草木を鳴らして谷を渡っていく。音に集中していると、次第に聴覚が鋭敏になってくるものだ。

そうだ、音を出す方法はどうだろう。熊は笛や鈴の音に弱いという。熊が近づけないようにすることくらいはできるかもしれない。車の中に打ち鳴らせるものがないだろうか。硬い金属のようなものがいいのだが。しかし、手の届く範囲に音を打ち出せるようなものはなかった。トランクルームの床下にはスパナやドライバーなどの工具類が入っていたはずだが、手が届かない。届いたとしてもトランクの中身は、車が逆さまになった時にすでに落ちてしまっているに違いない。残念ながら、これも諦めるしかなかった。

気を張りつめていたせいか、疲れてきた。集中している時間はそう長く続かない。私も間もなく六十歳の還暦を迎える。そう若くはないのだ。このまま命が尽きるとしたら、残された時間がいとおしい。もしかしたら、これからの数分、数十分は生きてきた六十年に匹敵するかもしれない。これまでの六十年間をどう生きてきたのか、何を目標にして命という時間を消費してきたのだろうか。これまで私は、秒針が時を刻むように時間の流れを意識したことはなかった。しかし、いまは一滴一滴と垂れ落ちていく時間を強く感じる。

私は決して器用に存在したわけではなかった。二十代の頃には、人を好き嫌いで色分けし、組織の中で上役に追従笑いもできず、穏やかに偽装はしていたが、内心は爆発寸前の狂気を孕んでいた。考えてみると子どもの頃からいつも底知れない怒りが潜んでいたように思う。何ゆえの怒りなのか、何に対する怒りなのか自分でも分からない。怒りを覚えると危険を顧みず突進して行くところが私にはあった。気が付くと相手も自分も傷ついている。だから、私はその怒りを恐れ、自分自身の性癖に怯えた。人はみな、何かに折り合いをつけて生きているのではないかと思う。自然の摂理や社会の取り決めや、否応なく関わる人間の神経細胞に折り合いをつけて生き延びている。自分自身にもギリギリのところで妥協しながら生きている。ただ折り合いのつけ方が人それぞれに違うだけだ。

私は人と折り合いをつけるのが下手だった。折り合いをつけなくても生きられるが、生きにくいこと甚だしい。死の淵にいる今では遅すぎるが、私は画家くずれの自由人である父の姿から、現実に妥協しないで生きる生き方を暗黙のうちに教わって育った。しかし、折り合いをつけて生きる術は学ばなかったし、私も身に着けることをしないで生きてきた。

天才肌の父は少年時代からしっかりした構図の絵を描き、その色使いは周囲の誰にも真似できないものをもっていた。そう教えてくれたのは、一時期、峠の街の小学校で父の担任だった禅寺の住職だった。旧制中学一年で描いた十号の習作が県展の金賞を受賞して銀時計を貰い、「百年に一人の逸材」と持て囃された父にしてみれば、人と折り合いをつけて生きる必要を感じなかったのかもしれない。

しかし、中学の途中から美術学校に転じたまではよかったが、天狗になっていた父は教師と折り合いをつけて自らを磨くことができず、遊び呆けて中退してしまった。美術の基礎を身に付け、人間的にも自分を磨く最も大事な時期に、父は何も得られなかったことになる。天才と持て囃されても人間を磨く時期を逸してしまうとただの人になってしまう。それが身に沁みてわかったのは院展に何度も落ちて絶望の淵に喘いでいた頃だったに違いない。基礎がしっかりと身についていないだけに父は制作に行き詰ることも多く、結果として寡作にならざるを得なかったのだろう。私の中学三年間に、父は一枚の絵も描かずに女の家でいたずらに時間を浪費していた。家計は苦しく、私たちは母の内職と昼夜を分かたずに働いた姉の給料でようやく生き延びていたといっていい。

父は家にいるときでも、私たちと触れ合うことはほとんどなかった。私の記憶では、禅寺の老住職と碁を打っているか、昼間から酒を呑んでいるか寝ている姿しか思い浮かばない。多感な時期を迎えていた私は、ほとんど父に殺意を覚えていた。

かすかに水の音が聞こえる。川があったのだ。いままで忘れていたが、この崖の切れたあたりに小さな川が流れていた。これまで水音にも気が付かなかった。幾つかの渓流が合流した小川で、水はいつも透き通っていた。子どもの頃、晴れた日には木もれ陽に魚影がみえ、ヤマメや岩魚を釣ることができた。喉が渇くと川の水を手のひらで掬って飲んだものである。ところどころに「深んぼ」と呼ばれていた大人の背丈ほどの深みがあり、旧盆前の僅かな時期には泳ぐこともできたが、いつしか水嵩がほとんどなくなり、黄濁してしまった。上流にゴルフ場が造られたからである。半世紀を経て、いままた水量が戻ってきたのかもしれない。

水は飲めるのだろうか。この手でもう一度渓流の水を掬って口に含んでみたかった。口の中で転がすようにして味わい、そして一気に飲み込む。私は両手を顔の前に突き出し、渓流の水を掬った。水は喉を一筋の光のように流れ、すぐに消えた。私は自分の喉が動く様子をはっきりと意識した。喉が動き終わったあとも、手だけが引っ込みのつかない愚鈍さで顔の前に残っていた。

老いは手の甲や首筋から始まるというが、私の手の甲もすでに艶が失せている。血管が蒼く浮き出し、老いの姿が現れている。指の間からこぼれてしまいそうな自分の命がいとおしかった。私にどれだけの時間が残されているのだろうか。だれも死にたくはないのだ。しかし、この肉体はやがて朽ち果てていく。空気を押し広げていた私という物体が限りなくゼロに近づいていく。そこに落ちている木の葉のように生命体としての活動を停止し、無言で鉱物の側に仕分けされていく。

日本列島の鄙びた街で生を受け、貧乏画家に育てられて成人し、人並みに恋をして女性と交わり子どもをつくり、ＤＮＡを伝えて残し、私はいま朽ちようとしている。生まれ故郷を目前にして六十年の生涯を閉じようとしている。鬱蒼と茂った木々の深い谷間で、静寂と恐怖に包まれてこの地球上から消えようとしている。死は常に孤独なものだろう。かつて三十年以上も通った銀座通りの石畳に横たわり、燦々と夏の陽を浴びながら死を迎えたとしても、孤独であることに違いはない。幾百人幾千人の目に晒された死であっても、死ぬのは私ひとりなのである。

だが、姿の見えない熊になど自分の人生を閉じられてはかなわない。なりふり構わず、どんな手段を使っても生き延びたいのである。ここから脱出し、妻や息子をこの手でもう一度抱きしめたい。仕事のスケジュールで半日ズレてしまった妻と、一人暮らしを始めたばかりの息子は明日の早朝便で飛行場に着くことになっている。

激しい尿意が襲ってきた。そういえば、トイレに寄ったのは一度きりだった。給油したガソリンスタンドのトイレで用を足したのは昼過ぎのことだった。かれこれ四時間以上は経っているが、不思議と尿意がなかった。しかし、寝返りを打つことさえ困難な状態で、どうやって排尿すればよいのか。それよりも、排尿したあとの臭いを嗅ぎつけて、熊が近寄ってくるのではないだろうか。わざわざ自分の存在を熊に知らせることになるが、生理的に我慢の極限にきていた。

両手を体の下に入れて体重を腕にかける。そうしながら痛みが起きないようにして、可能な限り下半身を動かしてみた。やはりすぐに激痛がきた。宙吊りの車体が振り子のように揺れる。体を戻し、車体の揺れが収まってから、再び体を動かす。

かつて大腿骨頭壊死と誤診されたときのように、ほんの僅かずつでも体を移動していくと、少しずつ痛みに慣れていくのではないかと考えた。痛みに耐え、痛みに慣れることによって、この閉塞状況を打開できるかもしれない。自分の頭の位置を確かめながら少しずつ右膝を立ててゆき、痛みを我慢しながら両手で尻を浮かし、足の方にずらして移動する作業にとりかかった。逆さ吊りになったワンボックスタイプの車内は、車の天井が床になっているため、狭いけれどほとんど障害物がないフラットな状態だった。尺取虫のようにして移動していくと、そのままトランクルームまで移動できる。

何回か繰り返しているうちに、脚の激しい痛みと膀胱が張り裂けそうな辛さで涙が出てきた。いっそうのこと、仰向けになったまま小便を垂れ流し、楽になりたいと思った。人間といえども肉体の限界を超えて生きることはできないだろう。車の外に身を投げ出し、全てを運に委ねることも考えた。

そのとき左腕の銀時計が手首からずり下がっていることに気が付いた。時計を遺《のこ》して死んだ姉のことを想った。下ろしたての白衣を着て戴帽式を終えたばかりの姉の姿が闇の中に浮かんだ。

——わたしの分まで生きて。

姉は最後の枕辺で私の手を握りしめてそう言ったが、今またそう聞こえたような気がする。私は思い直し、尺取作業を再開した。

車のトランクを手探りする。比較的大ぶりな道具類が落ちずに残っていることがわかった。スペアタイヤに雪道用チェーンの収納箱、野外で使う折りたたみ式の椅子とテーブル、ポリタンク、テニスラケット、魚釣り用の道具箱。いずれも物置にでも入れて置くべき代物だが、マンション住まいではいつも車のトランクがその代用となった。

ビニール袋に入った土まであった。マンションのベランダにあった鉢植えの古い残土で、夏の終わりにプランターを整理したときのものだった。すでにぱさぱさに固まってしまっていた。いつか郊外に遠出をしたときに路傍の土に帰すつもりでいたが、車のトランクに入れたまま忘れていた。

ポリタンクを尿ビン代わりにすることも考えたが、とりあえず鉢植えの残土に放尿し、後で車の窓から谷底にばら撒くことにした。熊が近づかないように臭いを拡散することになる。命のリスクファクターを一つ減らすことにもなるだろう。私から迸《ほとばし》った尿はすぐさま固まった土に浸み込み、みるみるうちに土塊の形を変えていった。

三

折りたたみ式の椅子を解体することを思いついた。椅子の骨は軽いパイプでできている。二本のパイプを打ち鳴らせば、大きめの音は出るはずだった。鋭くは響かないだろうが、熊一家が驚いて近寄らない程度の音は出るだろう。

腰掛けるところと背の部分には緑色をした厚手の丈夫な帆布をシルバーメタリックのパイプに巻きつけている。帆布を抜くように外せば棒状のパイプだけになる。私は仰向けになったままの状態で解体作業にとりかかった。すぐに布の部分は抜けたが、パイプは簡単に外れなかった。仰向けになったまま腕をあげて作業をするのは思いのほか疲れる。何度か腕を下ろして休み、繋ぎ目を根気よく折り曲げる作業を繰り返し、折り切った。長さの違う二本のパイプが剥き出しになった。

窮屈な姿勢でその二本のパイプを打ち合わせてみた。キン、キンと少しくぐもった金属音が車内を飛び出し、暗い谷間に拡散していった。著しい体力の消耗と引き換えに獲得した音だった。とりあえず、熊を遠ざける道具として役に立ちそうだ。その先のことはわからないが、生きている時間を引き延ばすことはできそうだった。私は少し満足した。

風が出てきたようだ。黒く厚い雲の動きが早くなっている。周りの闇が一段と濃くなってきた。梢が鳴り、続けて鳥が飛び立つ重くせわしい羽根音がした。笹の葉が擦れ合う音に混ざって別な音がする。間伐材の枯れた小枝を踏み拉《しだ》く音だろうか。

「来たか！」

目を閉じて音に集中した。熊が近づいているのか。私は二本のパイプを握り締めて身構えた。心臓の鼓動が高鳴る。呼吸が荒くなり、乾き切った喉からヒーヒーと音がとび出してくる。人生最期の時が向こうから一歩一歩近づいてくる。熊の息遣いや木に爪を立てた瞬間の音を拾おうとしていた。この車を支えている枝に熊の体重がかかったら、確実に枝が裂けて車は谷底に落下する。その前にパイプを打ち鳴らして追い払うか、最後は素手で立ち向かう覚悟をしておかなければならないだろう。

目がチカチカしてきた。額に滲み出た汗が目に入ったのだ。右手で目のあたりを拭おうとして腕を上げる。シュッと何かが擦れる音がした。ビクッとして身構えたが、手に持っていたパイプが、腕を上げた瞬間に車の壁を擦った音だった。シャツの袖で額から目のあたりを拭く。じっとりと汗が滲んでいたのか、生温かかった。よく見ると、汗だけではなかった。血痕が付着している。急いで腕をまくり上げる。ささくれ立った皮膚から刷毛で薄く一撫でしたように血が滲みだし、おおかたはすでに乾いているようだった。軽い擦過傷だ。気がつかなかった。

音はそれっきり聞こえなかった。緊張状態はしばらく続いていたが、熊が近づいているような気配は感じられなかった。木の葉が擦れ合う音や梢が鳴る音以外には得体の知れない闇があるばかりだ。私は頬を膨らますようにして大きく息を吐き出した。自分では気がつかなかったが、疲れはピークに達していたに違いない。

全身の力を抜いてその不気味な闇を見詰めた。闇の向こうに、父の姿が見えた。髭を蓄え、葉巻を燻らしている。世に出るきっかけを掴んだ頃の父だった。世間の脚光を浴び、父にとっては人生の絶頂期だったといってもいいかもしれない。

父はその年の秋の県展に出品した作品が、賞こそ逃したものの、たまたま日本に招かれていた外国人審査員の目に止まったのである。父はどちらかといえば人間関係の心理ドラマを切り取ってキャンパスに定着させる絵を得意としていた。男女関係の危なっかしい心理の陰影を浮き上がらせる絵を好んで描いていた。派手な作品になりがちだったが、それだけに陳腐な作品になることも多く、いつも評価は極端に分かれた。批評家の間では「きわもの画家」と揶揄されることもあった。

パリやローマの企画展やマスコミ主催のイベント展示会、それにシンポジウムのパネリストとして招待されるようになったのは、その年が明けてからだった。父の作品を評価してくれた外国人審査員の紹介で、パリの権威ある美術雑誌に取り上げられたのがきっかけとなった。

マドリッドの展覧会に招待されたときは私も連れて行ってくれたが、私だけではなかった。美術商の秘書をしているという女性も一緒だった。モデルのようなその女性の立ち居振る舞いと絵に対する教養のなさは、どこから見ても父の愛人そのものだった。すでに高校生になっていた息子を自分の愛人と同行させたのは、その微妙な心理的反射を自分で嗜虐的に観察するためだったのではないか。まるで絵の題材として吟味するかのように、息子と愛人を見ていたのではないかと、私は長いこと父を軽蔑していた。私が父という存在を否定するようになった旅行でもあった。

展覧会が終わり、マドリッドから車でスペインの田舎を南北に縦走した。野立て看板ひとつ見当たらない自然の美しい幹線道路を南下して行った。その途中、マラガ近郊の闘牛場で観た牛の躍動する背中が、なぜか強く私の印象に残った。いまでもときどき切り立った闘牛の背を思い出す。あるいは父が同行した女の全身から滲み出ているツンツンとした印象と重なり、何かの拍子に映像として重なって浮かんでくるのだろうか。

父の作品は、少し遅れて日本でも新聞や雑誌で取り上げられるようになり、次第に評価が定着してきた。そのせいか、翌年から二年続けて院展に入賞もし、本人が逃げ出したくなるほどに絵が急に売れ出した。陳腐な作品と酷評された絵も、一度認められるとあらためて好意的に評価される。論評も賛美派の声が主流を占めるようになっていた。

絵は次々と高値がつき、それまで画商に見向きもされずにお蔵入りしていたキャンバスも額装されて陽の目を見るようになった。題材やテーマが珍しかったのかもしれない。禅寺の老住職にお布施代わりに贈呈した絵も、お蔵入りしていた習作の一つだった。

「売れない絵は、飾っておくに限る」

すでに八十歳を超えていた住職は憎まれ口をたたきながらも、父の絵が中央の画壇に認められていく様子を新聞や雑誌で実感しながら、自分のことのように喜んでいた。間もなく、父の絵を譲って欲しいという人が、人を介して何人も出没した。

「絵のわからない人の傍に置かれる絵ほど不幸な絵はない」

父はそういって憚らなかった。もともと寡作だったせいでもあるが、自分の絵が投機的に金儲けの道具にされることが耐えられなかったに違いない。

父の生涯を通して世に出た作品は全部、私が題名を諳んじることができるほどしかなかった。そして、その第一次所有者のほとんどを把握することができた。そのせいか、禅寺の檀家の中には、父と親しい住職に頼み込んで絵を手に入れようとした人もいたらしいが、住職が豪快に笑い飛ばして追い返したという。

絵が売れ出しても生活は楽にならなかった。父の名が知れ渡るほどには収入が増えず、海外を含めて父が忙しく出歩く分だけ出費が嵩んだ。むしろ家計は逼迫していったといっていい。私は大学受験を控えており、すぐあとに二つ違いの弟が続いていた。七歳上の姉はすでに峠の街の総合病院で小児科の看護師として昼夜を違わず働いていたが、母のやつれた顔を見ていると、私は進学を断念せざるをえなかったのである。

父の作品に『フリージアはまだか』という三十号の油絵がある。一九六八年の作品である。それまでの心理劇を題材とした画風から一転して、静物画を描き始めた父の最初の作品であり、画壇の意表をついた作品でもあった。例によって一部のマスコミから辛辣な批評を受けながら、またしても海外の評価がそれを陵駕した幸運な作品となった。

父の作品の中では、私の最も好きな作品だった。ひっそりと咲く冬の花を画面いっぱいに描きながら破壊的な物悲しさを感じさせた。父の中にある何かが爆発したのではないかと私は考えていた。姉はその年の夏前に発病していた。

姉は手足の痺れを訴えて勤務中に倒れた。夜勤明けの時間帯で、そろそろ日中勤務の看護チームと引継ぎミーティングが始まる頃だった。姉はナースステーションのいつもの椅子に腰を下ろし、脚が痺れるといってそのまま倒れこんだらしい。最初に診察した当直医の話では、ほとんど気絶状態だったという。姉は我慢の限界点を超えて気力を振り絞るように仕事を終え、ナースステーションの椅子に座ったとたんに、張りつめていた糸が切れてしまったのではないか。姉の一途で生真面目な性格を考えるとそう思えてならなかった。

当直医は内科のベテラン医師で、幸いにも帰宅する直前だった。すぐに処置室に運んで応急措置をするとともに、隣市にある県立医療センターと連絡を取ってくれた。おかげで昼前には意識が回復し、専門医のいる医療センターに姉を搬送することができたという。母にとっては穏やかにあけたはずの朝が、一本の電話で暗転する結果となった。姉はその日から三年におよぶ闘病生活が始まったのである。

姉の病は最後まで病名のつかない病気だった。いくら検査を繰り返しても、原因がわからず、治療法も見つからなかった。難病と認定され、理不尽な思いを抱いたまま入退院を繰り返して晩冬の霙の降る朝、姉は三十一歳の若さでこの世を去った。

「今年こそ、フリージアが咲きそうね」

フリージアの咲くのを心待ちにしていた姉は亡くなる数日前、縁側にしゃがんで頬杖をつき、庭の片隅で蕾んでいるオレンジ色のフリージアをいつまでも眺めていた。フリージアの中でもオレンジ色の花をつける種類のものは病気に弱く、咲かない年が多かった。姉はそのひ弱な花に切ない親しみを感じていたのかもしれない。

「それまで、わたしが生きられたら、いいけど」

そのとき家にいたのは姉と母だけだった。母は少し離れたところから、その姉の後姿を黙って見ていた。冬の早い夕暮れが縁側に弱々しく這いこんできており、姉の背中に薄い影を落としていた。母は、抱え切れないほどの希望を胸に秘めて死を覚悟しているだろう不運な娘の小さな背中を、この上なくいとおしく感じたに違いない。

「声が出なかったのよ。あのときは」

母は後でそういっていたが、私は母がそっと涙を拭っている後姿を思い浮かべていた。思い浮かべながら怒りが込み上げてきた。若き命を奪ったものに対する怒りなのか、限りある生命そのものに対する遣り切れない怒りだったのか。オレンジ色のフリージアは、姉の葬儀が終わった直後に狂ったように花をつけた。そして、その年を境に二度と咲くことはなかった。

私はその作品を密かに持ち出し、離さなかった。誰にも渡したくなかったのだ。画商が血まなこになって探したが、出てくるはずはなかった。一時は幻の作品として新聞にも取り上げられ、ミステリアスな雰囲気が話題となり、さらに高値を呼んだ。その絵を隠匿したのは私だと父は気づいていたに違いないが、何も言わなかった。私を咎めるようなそぶりを、父は一度も見せたことはなかった。名実共に父の代表作であり、早逝した娘への素直な気持ちを詰め込んだ完成度の高い作品として私は手放してほしくなかったのである。そのために貧乏しても、私は一向にかまわないと考えていた。姉の三回忌に父の了解を得てその絵を県立美術館に寄贈し、常設展示作品のリストに加えてもらうことにした。このときも禅寺の老住職に斡旋をお願いしている。

姉の死を契機に父は、自分の裡に潜んでいた怒りを爆発させるような作品を次々と描き始めた。私が永年感じていた得体の知れない怒りを父も内包していたのだ。私の怒りと共通するものがあるのか、まるで違う姿かたちをしているのかわからなかったが、私は初めて父を身近に感じた。父もまた人一倍傷つきやすい人だったのではないか。

そうだ、父も私と同じように不器用だったのだ。いや、もしかしたら私以上に気持ちの切り替えが利かず、傷つき血を流して生きていたのではないかと思った。父はむしろ、傷つき壊れることを恐れ、その弱点を覆い隠すように勝手気儘な生き様を見せていたのではないか。

父がそれまでの作品を整理し始めたのは、姉の三回忌が済んでからだった。人間関係の断層を描いて珍しく批評家の定評を得た百号の大作をはじめ、女性の裸体に冷徹な視線を浴びせて微妙な心理のズレを描き出した作品や、男女の性の営みを描いた初期の習作クロッキーにいたるまで一切を処分し、憑かれたように新たな境地の作品にのめり込んでいった。家の外にいた何人かの女性との関係を断ち切ったのもその頃だったような気がする。

四

ふたたび縦揺れがきた。揺れながら車体が枝の先のほうへすべりはじめた。あわてて車の中を横切っている枝を両手で掴み、車の窓枠に右足をかけて車体がズレ落ちないように踏ん張った。生木が裂ける音を聞いた。そのまま谷底に落ちてしまうのか。左脚に激しい痛みが襲ってきた。命が助かるなら、左脚の一本くらい喪ってもお釣りがくると思いながら、必死に耐えていた。

しばらくして揺れは小振りになり、あっけなく収まった。気を静めてあたりを見回し、谷底に目を凝らす。斜面にこんもりと黒い闇が盛り上がって見えた。熊が横たわっているのではないかと一瞬ドキリとしたが、熊の姿も気配も感じられなかった。揺れの原因はわからないが、熊ではなさそうだ。熊が木の枝を伝って私に近づいてきたとすれば、考える間もなく熊もろとも谷底に落下していたに違いない。

先ほど見た瘤状の大きな塊の向こうに硬質の白っぽい稜線が見えた。切り立った岩肌だろうか。もしそうだとすれば、飛び降りるリスクは依然として高そうだ。私は手をそっと枝から離し、ゆっくりと車体に体を横たえた。

頭の位置が極端に低くなっていた。枝からズレ落ちた分だけ車体が傾き、地面に近づいたのだ。枝の樹皮が剥けて滑りやすくなっている。もっとズレ落ちるかもしれない。先ほどの揺れで、枝の根元の幹の裂け目がさらに広がった可能性もある。

この次に揺れがきたら、車体は岩肌に叩きつけられてスクラップになりかねない。いまの姿勢では、どっちみち頭の位置が低すぎて、いざというときに何も対応ができなくなる。とりあえず私は頭の位置を逆に入れ替えることにした。

「あっ！」

思わず声を上げてしまった。手に持っていたはずのパイプがないのだ。車体が揺れたときに、体を支えようとして手から放してしまったのだろうか。急いで車内に両手を這わせた。そのまま谷底に落ちてしまったのではないか。必死になって手探りした。しかし、シルバーメタリックの感触が指先に伝わることはなかった。全身に重い疲れが広がった。激しい体力の消耗と引き換えに獲得したパイプだった。一度も使わずに喪ってしまったのか。もう何もしたくない気分だった。私は頭の位置を入れ替えることも忘れて、しばらく呆然と横たわっていた。

しばらくして笹の葉を掻き分ける音、続いて枯れ枝が折れる音が聞こえたような気がした。今度は間違いなく熊が現れたに違いない。唾液を飲み込もうとするが、喉の奥まで渇ききっていたことを忘れていた。恐る恐る下を覗く。だが、熊の姿はどこにも見当たらなかった。そのとき風が湧いて私の頬を撫で、谷を一渡りして行った。


私の中で何かが溶け出した。すでに防戦する知恵はおろか身構える気力さえも失せていた。流れに身を委ね、ただ横たわっていたかった。眠っているか、気を失っている間に決着をつけて欲しいものだ。熊に襲われなくても、気力が萎え、何も考えず何もせず、ただ横たわっているだけでは肉体は朽ち果て、確実に死が訪れるだろう。引き算だけの時間が続けば、やがてゼロになる。自分をゼロにするのが怖くて、これまで営々と足し算を繰り返してきた。足し算を永遠に繰り返すのが生き物の宿命なのだ。熊にしたところで同じかもしれない。

この世に生を受けて私も父や母や周囲の人たちに生きることを教えられ、生きてきた。スプーンに食べ物を載せて口に入れてもらった赤子のときから、その食べ物を獲得する術を身につけることを教わり、人と競い合い、時には戦い、自分を律することや他人を愛することを覚え、六十年もの長きにわたって生きてきた。

未来に向かって生きている十代から二十代のはじめ頃は、生きることをあまり意識せずに生きてきたと思う。自分の前に時間が永遠に続いていることを疑わなかったような気がする。二十代に遭遇した姉の死は理不尽な死ではあったが、生あるものの宿命として、いつでも受け入れなければならない死があることを教えられた。

谷底から水音が聞こえているあの小川の「深んぼ」に足をとられて溺れかけたのは、九歳の夏だった。私は友達と離れて釣り糸を垂れていた。その釣り糸が川面に張り出した小枝にひっかかり、外そうとした瞬間に足を滑らせて深みにはまったのである。気持ちだけが焦り、声を出そうとして水を思いっきり飲み込んでしまった。息苦しく、手足をバタバタ動かしているうちに次第に体力が消耗していき、もう我慢の限界点にきていた。私はそのとき、泳ぐことができなかったのである。

どのくらいの時間だったのか。疲れ果て、手足をバタつかせることもできなくなり、腹のあたりから力が抜けてしまった。私はこのまま死ぬのだろうと思った。死んでどこかの海に、長い時間をかけて流れ着くのだと思った。どうせなら、外国の海がいいと思いながら目を開けると、柳の小枝にかけておいたジャンパーが、水面すれすれに見えた。父にヨーロッパ土産として買ってもらった私のお気に入りのジャンパーだった。外に出るときはもちろん、家に居るときもそのジャンパーを着ていたことが多かったような気がする。フランスの長距離ランナーがウインドブレーカーとして着用し、話題になっていたものだ。

どうせなら、そのジャンパーを着て死にたいと思った。

その直後、不思議にも私の体は水面に浮き上がったのである。あとで考えれば、泳ぎを覚えた瞬間でもあった。私は顔を水中に付けて息を止めたまま、抜き手をして岸に泳ぎ着いていたのだ。

そのジャンパーを着て、私は弟と夕暮れの迫る原っぱに立っていたことを想い出した。いま町営住宅が建っている当たりに大きな空き地があり、建設工事が始まるまでの僅かな期間だったが、子どもたちの絶好の遊び場になっていた。

私と弟はキャッチボールをしている。そろそろボールが見えにくくなってきた頃だ。

「おーい、もうやめようぜ」

私は弟に返球しながら声をかける。

「オーケー。ラスト、十球」

弟はしぶとく、投球動作を止めない。

「じゃあ、これが一球目だぞ」

その時、父が私たちの前に、ぬっと現れた。私と弟は帰りが遅いといって叱られるのではないかと一瞬緊張したが、背中に逆光を浴びた父の左手に新しいグローブが握られているのを見て、飛び上がった。野球帽まで被っている。野球人気が高まっていた頃で、東京六大学のスーパースターがプロ野球の人気球団に入った年である。父の被っていた帽子は、そのスラッガーが入団したチームのマークが付いていた。スポーツとはおよそ縁のなかった父だったが、父と一緒にキャッチボールをすることが、その頃の私と弟の夢だった。キャッチボールどころか、父はほとんど家にいなかったからだ。いまグローブを持って立っている父が信じられなかった。

さっそく私たち三人は正三角形をつくってキャッチボールをはじめた。しかし、父の手から離れたボールが途中でことごとく消えていた。薄暮色の中で見えにくいこともあったが、父の投げるボールは、私たちのグローブには届かなかったのだ。

父はボールを握ったことも投げたことも、ましてやグローブでボールを捕球したこともなかったに違いない。けれど自分用の新しいグローブを買い、人気球団の帽子まで揃え、私たちとキャッチボールをしようとしていたのである。

父は、中途半端な位置に転がっているボールを小走りに走って何度も拾い上げ、顔から飛び散るように汗をかき、息を切らせながら私たちに向かって一生懸命に投げてくる。何度か繰り返しているうちに父の投げたボールも、どうにか私たちに届くようになっていたが、方向は定まらず、右へ左へと走らされ、直接グローブに入ったことは一度もなかった。

しかし、それ以上に、私たちの投げたボールが父のグローブに収まることもなかったのである。投げることよりも、父はボールを受け取るほうが難しかったに違いない。人気球団の帽子を被り、気負い込んだ父の姿が滑稽に見えた。その姿と技量の落差が哀れだった。

弟はそんな父が情けない父親に見えたのか、帰りがけに不満を口にした。しかし、私は十分満足していた。すっかり暗くなった原っぱを歩きながら、闇に紛れて私はそっと涙を拭った。キャッチボールに限らず、父に遊んでもらった記憶がなかった私は、初めて父と時間を共有できた嬉しさが込み上げてきたのだ。しかし、キャッチボールはそのときが最初で最後だった。父のグローブは二度と使われることはなかったのである。

いったい私たち兄弟は、何か父に教わったことがあっただろうか。勉強はもちろん、水泳や魚釣りやスキー、自転車に乗ることとさえも父に教わった記憶がない。弟が不平をいい、父を軽蔑したくなるのも無理のないことだった。その時すでに父に何の期待もしていなかった私は、父からの予期せぬ贈り物をもらった時のように、弟とは逆に感動したのである。

私たち兄弟に遊びや生きる知恵を教えてくれたのは、隣に住んでいる叔父夫婦だった。叔父は私たちの兄貴分であり、厳しいインストラクターだった。叔父夫婦には男の子がいなかったせいもあるが、私たち兄弟は叔父夫婦を慕いながら不安定になりがちな少年時代の一時期を過ごしてきたような気がする。母はあまり手のかからない私を静かに見ながら姉に愛情を傾注していた。その狭間にあった幼い弟は甘えたくても傍に居ない父に、ある種の飢餓を感じながら成長してきたように思う。

断続的に震えがきた。寒い、急に寒さを感じた。風が出てきたのか。汗をかいた体から夜風が急激に体温を奪っていく。北国はすでに晩秋の入り口にあった。私は深夜の山の中にシャツ一枚でいたのだ。これでは夜通し寒さに震え続けなければならない。着替えを入れたバッグは転落時に失った。恐らく少し空気の抜けたボールのように、ちょっと弾みながら谷底に転がっていったのだろう。ほかに体を覆うものは見当たらない。とくに空腹に寒さはこたえる。しかし、いまのところじっと耐えるしかなさそうだ。

目を閉じ、熱いうどんを食べている自分を想像した。できれば鍋焼きうどんがいい。餅が二枚入った行きつけの店の鍋焼きうどんを注文したい。その蕎麦屋は銀座通りを北側に二本入ったあたりにある。紅白の蒲鉾が二枚入っていた。海老天に長ネギ、椎茸にだし巻き、それに半熟卵が乗っている。私が約三十年間通った店だ、忘れるわけがない。

鰻重もいいかもしれない。蕎麦屋の前の通りを右に折れて大きな通りにぶつかる手前の角にある。小さな店だが、焼き方が上手なのか脂ぎったしつこさがなくて美味しい。昼時はいつも行列が絶えない。あの鰻も鍋焼きうどんの味も、この舌でもう二度と感じることはできないと思うと、腹の底から悔しさがこみ上げてきた。

馴染みの味、馴染みの場所、暑くも寒くもない空間、居心地のいい人々、愛する家族、これらがいま、私から離れようとしている。次々と網の目からこぼれ落ちていく。長い時間をかけて少しずつ積み上げてきたものが、暗い地獄の谷底に消えてゆく。それらを繋ぎとめておく力は、私にはもうないのだろうか。私に残された力は、自分の死期を感じるだけなのか。もう二度と妻や息子に会えないと考えると、暗く深い穴に一人だけ落ちていくような寂しさが寒さとともに体に沁みてきた。

長い間、自らの死を見詰めて死んでいった姉は、その瞬間に何を想い、何を考えて逝ったのだろうか。死に向かって意識が薄れていく瞬間の追体験は誰にもできない。生きていることと、生きていないことの線引きはあまりにも鮮やかだ。人間も鉱物の側に仕分けされてしまった後では、単なる物質に過ぎないのだ。

私はいま、生きて思考している。寒さと脚の痛みに耐え、谷底への転落死と熊の襲撃におののきながら生きている。喉の渇きを癒す水を欲しながら生きている。胃の腑を満たす食べ物を求めている。もし、隣に女性がいれば、性欲を感じて手を伸ばすかもしれない。私はかつて、これほど生きていることを意識したことはないような気がする。しかし、無意識に身に纏っていた透明な命の外套がいま脱げようとしている。自分の手の届かないところへ、鉱物の側に滑り落ちてゆく。

これまでに幾つかの死に出遭ってきた。そして、死にはいつも前と後があった。死ぬ理由とその遺体だった。トラックの前輪に顔を潰された男の事故死とその遺体に出遭ってしまったのは十一歳。その二年後、物置小屋の鴨居に荒縄を架けて首吊り自殺をした友人の遺体を見てしまった。吐瀉物や鼻くそや糞尿を垂れ流してぐしゃぐしゃになった汚い遺体であり、生きる苦しみからの脱却を希求した縊死だった。

父や母や叔父叔母たちの看護る枕辺で「こん」と咳をひとつして息を引き取った祖母の死、三年におよぶ闘病の末に短い命を燃やし尽くした姉の死、父や叔父や禅寺の老住職の身近な人の死があった。そして死の現場には数刻前まで生きていたことを雄弁に物語る悲しい遺体が横たわっていた。私の場合は自らの運転ミスで息絶える間抜けな死の理由と、散乱した肉の固まりが生きた証として存在するのかもしれない。やがて朝がやってきて光が満ち、一日は何ごともなく始まる。その日も地球上に幾多の命が生み出され閉じられる。私もいま、この地球の営みの中に命を解き放す時期にきたのかもしれない。

汐が引くようにゆっくりと意識が薄らいでいくのがわかった。もう私の命は私の意志や希望が及ばないところまできている。波に体をあずけていると、体の周りにあったものが次々と離れ、闇の彼方に流れていく。意識も闇に溶け出し、拡散していくようだった。体が浮き上がり、光の筋を求めて移動し始めているのが見えた。次第に気分が爽快になってくる。何も考えず、流れに身をゆだねる。軽い眩暈をしたときのようだ。

気持ちがいい。陶酔感とはこういう状態のことをいうのだろうか。ある次元を超えると脳の中で違った物質が放出されるという。この恍惚とした気分はその物質のせいなのかもしれない。姉も父も最期は陶酔感に浸って逝ったのだろうか。

すでに死への助走を始めているのかもしれない。あるいは死そのものなのか、わからない。全てが曖昧で手ごたえが感じられなかった。しっかり考えようとしても、ある方向に意識が傾斜していく。透明なガラスの斜面を滑って行くような不安定な恐怖と心地よさを同時に感じる。私という存在が根こそぎどこかに持っていかれてしまう感じがする。

五

縁側に面した奥座敷の障子に夕暮れの弱い光が映えている。その薄い影に吸い寄せられるように近づく。居間のほうからにぎやかな笑い声が聞こえる。振り返ると壁の向こうに煌々《こうこう》と明かりの点いた居間の一部が見えた。仄かに酒の匂いと夕餉《ゆうげ》の残り香が立ちのぼっている。

居間には無垢材の厚い天板を使って誂《あつら》えた縦長のテーブルが置かれている。十人くらいの大人が座れる大きな食卓テーブルで、長い時間を経て私たちの家に馴染んできたものだった。懐かしさが込み上げてきた。曽祖父も祖父も父も私たちも、このテーブルで育ち成長してきた。嫁いで行った父の妹も、戦地からついに帰ることのなかった父のすぐ下の弟も、このテーブルで出立まえの最後の食事をして行った。

テーブルに染みや汚れがひどくなると、節目の行事や祝い事に合わせて天板を鉋《かんな》で削って綺麗に衣替えをしていた。削ったときの年月日は天板の裏に彫刻刀で記録してあった。死んだ人の名前も多く、墓碑銘のようだと私は余り好きではいなかったが、その背後に脈々と継がれてきた命の連鎖を意識するようになってからは、むしろそのテーブルに愛着を感じていた。結婚して一家を構えるようになってからのことである。

テーブルを削るのは、その家を継いだ男しかできないという暗黙の習慣がいつしか出来上がっていた。しかし、そういうことの苦手な父はいつも隣家に住む農夫の叔父に頼んでいた。叔父は器用に鉋を研ぐところから始めて、小半日かけてテーブルを見違えるように衣替えしてくれた。私もまたその役目を果たす立場にあるが、家を出てから久しい身では、弟にその任をお願いするしかなかった。

いま、そのテーブルの上にはマスを酢でしめた押し鮨と煮物を盛り合わせてあった大きな皿、それに魚の干物、沢庵の漬物も見える。マスの押し鮨は富山出身の祖母から伝えられた我が家の伝統料理の一つだ。いまはもう、どの皿にもほとんど食べ物は残っていない。ライトブルーのビンはいつものウオッカだ。叔父の好きな酒だった。酷寒の戦場で過ごした体験が体に沁み込んでいたに違いない。すでにウオッカもビンの底にわずかしか残っていない。その隣に空になった銚子が寝かせてある。床には酒の一升ビンと安物の焼酎、それにビールビンが数本。客が引き上げていった宴のあとの残香が居間に満ちていた。

テーブルの向こうに叔父夫婦の姿が見える。叔父は木組みの椅子に胡坐をかいて座っている。四十歳をちょっと超えたくらいだろうか。その横に十二歳になったばかりの従妹を挟んで叔母が座り、干物の身をほぐして食べやすいように裂いている。母の実の妹で、この叔母が隣家にいてくれたおかげで、母の人生はどんなに助かったか。

叔父の向かい側に父が座っている。元気な頃の姉がその横で陽気に喋っていた。姉は叔母の若い頃にそっくりだったと叔父がよくいっていた。私は姉の横で学生服を着てやや俯き加減に座っている。ちょっと前に帰った禅寺の老住職の後姿を思い浮かべていた。弟は私の横で買ったばかりの眼鏡の掛け心地を気にしている。母は台所に近い位置にいまはほっとした風体で座り込んでいる。絶えず気働きをする母は人一倍疲れているに違いない。

この叔父も父の三番目の弟だった。父と叔父は兄弟で母と妹をそれぞれ娶ったことになる。戦後間もなくのことで、この街の洋裁学校を出てすぐに結婚した母が生活の足しにと始めた和服の仕立て直しの仕事が忙しくなっていた。米や野菜と引き換えに和服を置いていく人が絶えなかったからである。

酷寒の地の抑留生活から叔父が復員してきたのは、ちょうど叔母が母の針仕事を手伝っていた頃である。叔父はその日のうちに美人の叔母を見初めてしまったらしい、と母から聞いていた。叔母は、すれ違う男も女も振り返るほどの美形で、子どもの頃は叔母と一緒に街を歩くと、何となく体がくすぐったくなるような誇らしさを覚えたものである。

いつか叔母が笑いながら叔父の求婚場面を披露したことがあった。

――おれは兄貴のように絵が巧いわけでねえし、勉強もできなかった。自慢じゃないけど顔もアンパンつぶして目鼻をつけたような按配だ。けど、あなたと一緒だったら迷わず一生懸命に生きることができそうな気がする。畑に這い蹲っておいしい米や野菜を作る情熱は誰にも負けねえ。あなたのためにだけ生きろといわれたら、迷わずそうする。

叔父は自分が持っているマイナスのカードを出し切って叔母に求婚した。叔母はその時、これだけ自分のことを考えてくれる人に、この先会えるだろうかと考えたという。

――感動したのよ、若かったから。

その叔父もすでに亡い。

その日は私の送別会が終わったあとだった。出立の門出ではあったが、私にとってはむしろ重い記憶の一日となった。その前年の春、私は誰の援助も受けずに大学を卒業する決心をした。この程度の回り道は私の一生からみれば小さなできごとであり、短い思い出として記憶に刻まれる程度にすぎないと私は考えていた。むしろ、父に学費を出してもらうくらいなら、進学しないつもりでいた。

高校を卒業するとすぐに故郷の峠の街を出てがむしゃらに働いた。そして入学金や当面の生活費を蓄え、翌年の二月に東京都内の名前の知られた私立大学の夜間部に滑り込み、県庁の東京事務所の非常勤職員として働きながら学生生活を始めることになったのである。

このときも、老住職にお世話になっている。住職は県庁にいる昔の教え子に斡旋を頼んでくれたのだ。後年、『フリージアはまだか』を県立美術館に寄贈することになったのも、このときの縁からである。

雪の多い年で、国道にはまだ一メートル近い雪が残っていた。時おり強い突風に煽られて雪が舞い上がり、視界を閉ざしていた。叔父や住職の呼びかけで近隣の農夫や父の碁打ち仲間、私の友人たちに高校の恩師、隣町に住んでいる父の妹夫婦などが昼過ぎから三々五々集まってきた。大きなテーブルには、地物野菜を中心とした農婦の手づくり料理が香ばしい湯気を上げて並べられている。

――自分の未来を自由に描ける時代が羨ましい。新たな旅立ちに、乾杯！

その時も叔父はウオッカのコップを手放さず、叔母にたしなめられながら何度も乾杯を繰り返していた。生き方を自己決定できなかった戦争の時代に青春を遣り過ごさなければならなかった叔父にしてみれば、私はまるで別の星の住人に見えたに違いない。そのとき私は初めてビールを呑んだ。

――わしの教えを守って画家の道に進まなかっただけでも、坊はエライわ。

禅寺の住職も豪快に笑い、座を和ませている。

――将来の助役、間違いなしじゃ。

住職は、私が大学で学ぶことよりも県庁の出先機関で働くことを喜んでいた。助役はその頂点を意味している。在野に賢人なし、ということばを教えてくれたのも住職だった。しかし、住職の顔はすでに土色に変色しており、体がぼろぼろに侵されていた。一年ほど前から断続的に入退院を繰り返していたという。数日後に再度入院することになっていたが、今度の入院が最後になるかもしれないと聞かされていた。

住職が帰るとき、私はふいに熱いものがこみ上げてきた。もう会うことができないのではないか、そんな予感がしたからだ。これまで私たち家族は、住職にどれだけ励まされ、元気付けられてきただろうかと考えたのだ。何度救われたシーンがあっただろうか。立ち上がる力すら喪った私たち家族の背中に黙って手を添えてくれたことも一度や二度ではなかったような気がする。

父と碁を打ちながら、火宅の人となっている父に本音でズケズケとものを言ってくれたのも住職だけだった。父に対する愚痴や不満を言ったことのなかった母が、押し潰れていく辛い胸のうちを赤裸々に吐露したのも、住職だけだった。

――じゃあ、頑張れよ。

禅寺の跡取りとなった次男の若住職に、体を抱かれるようにして老住職が車に乗り込む。

――はい。

――元気でな。

――はい。

——助役になれよ。

——はい。

老住職が乗った旧型のブルーバードが静かに雪道を軋ませて動き出した。

——ありがとうございました。

車を追いかける。しかし、私の脚は数歩で立ち止まってしまった。何故か脚が前へ出なかったのだ。

——これまで、たくさん、たくさん……ありがとうございました。

私は車に向かって声を張り上げる。切れ切れにそう繰り返し叫ぶのが精一杯だった。叫ばなければ立っていられなかった。私の叫び声は、車のテールランプとともに雪煙りの立ち込める夕暮れの奥に消えていった。

老住職はその約二ヶ月後に亡くなった。


朝の光が食卓テーブルを斜めに切り取っている。母がその日差しを浴びるように頬杖をついて窓の外を眺めていた。母のほかには誰もいない。豆腐屋の売り子が自転車に乗って表を通る。時おりその単調なラッパの音が聞こえる程度だ。家の中は静まり返っている。

大きなテーブルの半分には、仕立て直し中の洋服が無造作に置かれている。その頃のテーブルは母の仕事場になることが多かった。和服の仕立て直しはほとんどなくなっていたが、代わって婦人服や子供服のリフォームの仕事が持ち込まれていた。

姉は夜遅く帰り、朝早く出かけることが多く、頻繁に宿直や夜勤を繰り返していた。弟は近県にある古びた学生寮で農学部の学生となっていた。父は時々帰宅する程度で、母は一人でぼんやりしていることが多かったに違いない。

姉の勤める病院から電話があったのは、そんな初夏の穏やかな朝だった。黒電話のベルが重く鳴り響き、いきなり母を地獄に誘ったのである。電話を掛けてきたのはその日の当直医であり、母も一度会ったことのある温厚な感じの医師だった。姉が昏倒した様子を医師らしい冷静さでゆっくりと説明してくれたが、その穏やかな話し方がかえって母を苛立たせた。

母はいま受話器の向こうで起きていることを理解しようとして椅子に腰掛けなおした。しかし、すぐに立ち上がり、大声で叫んだ。

――いったい、わたしの娘が何をしたというんですか！

大声を出すことで自分を取り戻そうとしたのかもしれない。母は叫び終わって、受話器を叩きつける。そして、はっと振り返る。家の中は何事もなかったように静まり返っていた。しばらくして、豆腐屋の売り子がラッパを鳴らしながら再び家の前を通り過ぎ、白板塀で囲まれた角の写真屋の向こうに消えていくのを背中で感じた。母は立ち上がり、再び受話器をつかんだ。姉の闘病生活はその朝から始まったのである。

母がそのときの胸のうちを語ってくれたのは姉の遺品を整理しているときだった。母の裡に深く潜んでいた激しい性格を垣間見た私は、少し狼狽した記憶がある。自動巻きの腕時計もそのなかにあった。県展の金賞にもらった父の時計を姉は肌身離さず死の床まで持ち続けていたという。姉にとっては父が誇らしかったのかもしれない。

姉は父に似たところがあった。姉も絵が好きで、本人は美術系の学校に進学して本格的に絵の勉強をしたかったようだが、高校を卒業すると隣市にできたばかりの看護専門学校に二年間通い、峠の街で看護職に就いた。実際に子どもの頃から絵が巧かったという姉は、家計を助けるために看護師の道を選んだに違いない。長女としての責任感と諦念もあっただろう。その姉の気持ちを知っていた父は、姉が戴帽式を済ませて看護師になった日に銀時計を贈ったのだった。そして母が姉の形見として私に受け継がせてくれたのである。

姉は看護師が天職ではないとわかっていただけに人一倍努力をし、医師や同僚の看護師と折り合いをつけて生きたに違いない。時には強いストレスもあったろう。好きな道に進むことができず、不本意なままに短い人生を終えてしまったのかもしれないと考えると、私は何か遣り切れない思いがした。

食卓テーブルでは、いま母が座っている位置が姉の定位置だった。父がテーブルに座っていることはまれだったが、姉はいつも父の傍に座った。姉は最後の最期まで大好きだった父の体温を感じて旅立ちたかったに違いない。

しかし、姉の最期の日も父は家にいなかった。姉は父の傍で最期の瞬間を迎えることはできなかったのだ。私は長い間、姉がこの家に心を残して逝ったのではないか、振り返り振り返り旅立ったのではないかと考えていた。その日も父は女の家で朝から酒を呑んでいたという。娘の死を受けとめることができなかったのかもしれないが、やはり私はそんな父を許すことができないと思っていた。父の身勝手な生き方を認めるわけにはいかなかったのだ。

奥座敷に父が横たわっている。その横に母が正座し、呆然としている。弟が母の傍に座り、父の顔に白い布をかけて両端を結んでいる。叔父夫婦の顔も見える。私はまだ到着していない。

軍医上がりの往診医が死亡診断書を書いて弟に手渡し、立ち上がる。入れ替わりに禅寺の若住職が到着したところだ。私服のままだった。とりあえず、母にお悔やみを言っている。近隣の農夫が二人、三人と玄関口に現れる。叔母が立って応対している。父の枕辺で線香の煙がまっすぐに立ち昇る。これらの場面は音のない映像のように、粛々と進行しているように見えた。

突然居間にある黒電話のベルがけたたましく鳴った。

――うん、若住職が駆けつけてくれて、いま線香をあげてもらったところ。

弟が重い受話器をとって話している。

――そう、手配は若住職が。

受話器の向こうは私だった。

――叔父さんと相談しながら。

弟からの最初の電話で、父は四時五十六分に亡くなったと知らされた。そのとき私は、祖母の死亡時刻六時五十四分を逆にしただけだと、数字の符合に関心が飛び、父の死をすぐにはのみこむことができなかった。

私は一旦電話を切って役所の上司に弔意休暇を願い出、飛行機の手配を済ませてから弟にあらためて電話をしたところだった。

――え？　何時の飛行機？

――うん、わかった。飛行場には迎えに行けないけど。

私が故郷の家に着いたのは、午後三時を少し回った頃だった。

近隣の人たちが入れ替わり立ち代わり出入りしており、庭に白と黒の暗幕を張る者、門前に提灯を据え付ける者、庭で松明を燃やす準備をする者、弔問客の受付場所を設置する者、夜食の買出しに行く者、庭を掃き清めている者などの姿が絵巻物を眺めるように俯瞰して見えた。

母と弟、叔父叔母に従妹、父の妹夫婦が奥座敷に安置された父の遺体の傍に座っている。

私は奥座敷に通じる縁側を通り、父の枕辺に立った。久しぶりに見る父の顔は、目が窪み、頬がこけ、額からなで上げた頭髪は白く泡だって見えた。自由人として生きたいように生き、その生き様を目の前のキャンパスや人の心に描き散らして六十六年の生涯を閉じた男の死に顔がそこにあった。

家族のなかにあって不在であることのほうが多かった父が、いま家族全員に見守られている。家族のなかで、父はどう存在しようとしたのだろうか。私も弟も、そして姉も、父の膝下《しっか》でぬくぬくと育った記憶はない。幼い日の私たちにとって、父の不在は不存在であることよりも意味が大きかった。すでに私も成人してからの時間のほうがはるかに長くなっているが、幼くして刻まれた記憶は成人してからの何千倍にも匹敵するのではないか。

しかし、父は不在であることによって、私のなかに強烈に存在したといっていい。そして、私のなかに永遠に氷解することのできない闇を残して悠然と立ち去った。私は父の頭上に振りかざしていた拳を、永遠に振り下ろすことができなくなったことを知ったのである。私のなかに、やり場のない怒りと悔しさがこみ上げてきた。父が憎かったわけではない。早すぎた父の死が悲しかったばかりでもない。父の死によって、父と理解し合える機会が、永遠に閉ざされたことが遣り切れなかったのだ。

私はそのまま踵を返して縁側から濡れ縁に降り、庭の片隅で咲き損ねているフリージアを眺めた。すでに姉が愛したオレンジ色のフリージアは無残にも立ち枯れていた。

庭の松明に火が点けられ、通夜の弔問客が続々と門の中へ入って来ていた。父の美術学校時代の友人や峠の街の町長、教育長、東京の画商や県立美術館の関係者、まさかと思いながらも父のかつてのそれとおぼしき女性、なかには私も会ったことのある外国大使館員の顔も見えた。驚いたのは、小中学生が長蛇の列をつくっていたことだ。父が子どもたちに絵を教えているのだという。母がいつか電話で話していたことを思い出した。

——最初は五、六人の子どもを相手に居間の大テーブルで鉛筆やクレヨンでデッサンを教えていたんだけど、だんだん人数が増えてきて。ここ数ヶ月で四十人くらいになったのよ。

そのとき母は、いつになく声を弾ませていた。

——お父さんが一生懸命になっているところを見ているのが、結局わたしは好きだったのよね。

母の声をききながら、私は父の行動に意表を憑かれた思いがしていた。父は人に話しかけたり、コミュニケーションをとることが極めて苦手な人だった。どちらかといえば、子どもは鬱陶しく、好きではなかったろう。積極的に自分のほうから子どもに近づいていく人ではなかった。その父が、一生懸命に何かを子どもに伝えようとしている。私には新鮮な驚きだった。知識や経験はともかく、人に何かを教えるという行為には、忍耐と根気が必要だ。父の性格の中にはそのどちらの要素も見出し難かった。

居間の大テーブルには、色とりどりのクレヨンや鉛筆のこぼれ線が無数に散りばめられていた。綺麗好きの父は、私と弟が勉強机代わりに使った後の消しゴムのかすを見つけると厳しく叱り、必ずテーブルを拭かせたものである。その父が、テーブルを汚れ放題にして子どもたちに絵を教えていたという。晩年の父はどう生きたかったのだろうか。世間とどう折り合いをつけたかったのだろうかと、私はそのとき考えていた。

弔問客が途絶え、父の遺体を囲んで家族だけの通夜が始まった。母は父の顔から白布を剥し、物言わぬ父の唇に、ゆっくりと最期の口づけをした。父の唇が仄かに紅色に染まった。私は少し狼狽した。

小鳥の囀りが聞こえていた。なんという鳥だろう。しばらく前から考え続けていたが、何度も同じ記憶の周辺をぐるぐる回っているだけで、一向に思い出せない。少年の頃、毎日のように聞いて育ったのに、まるっきり思い出せなかった。

幾種類もの鳴き声が輪唱的に聞こえる。水の流れる音が下のほうから弦楽重奏のように湧き上がり、軽快な鳥の輪唱がそれに重なる。目をあけるといつの間にか重苦しい闇が嘘のように消えていた。

「夜明けだ！」

飛び上がるようにして上体を起こそうとした。背中が砕けるように痛んだ。眠っていた。

どのくらい眠ったのか。夢ではないのか。夢ならば、覚めないで欲しい。たしかに、私の周りには夜明けの光が満ちていた。私は自分の顔や腕や胸に触り、右脚を揺さぶってみた。左脚も上下に動かしてみる。痛みは取れていないが、体は硬直していなかった。私はまだ遺体となって転がっていたわけではなかった。私の命はこの新しく巡ってきた朝に繋がったのだ。その先のことはわからないが、生き延びられるかも知れない。

遠くのほうから人の声が聞こえた。声は次第に大きくなる。一人か二人か、こちらに近づいている。

「またぁ、派手にクルマを転がしたもんだな」

「これはもう、助かってないだろう」

「南無阿弥陀仏」

すぐ上のほうから聞こえる。峠の街の訛りがひどく懐かしかった。

「遺体は、車の中だろか？」

「外だったら、熊にでも食われちまってるさ」

「どっちにしても、遺体は引き上げねばなるまいな」

「うん、クレーン車が二台くらい必要だな」

「駐在所に連絡するのが、先だって」

私は声を出そうとして空気を口いっぱいに吸い込んだ。

時空に舞った男

高層マンションの中庭駐車場に、今しがた夏の陽が落ちたところだ。陽が翳って行く方角に古い礼拝堂があり、三角屋根の先端に嵌め込まれたステンドグラスが屈折した最後の鈍い光を放っている。手前は樹林公園だ。いつものように白足袋を履いた県立高校の柔道部員が隊列を組んで公園の外周を走っている。精気の漲《みなぎ》った掛け声がリズミカルに聞こえている。

もうすぐ地面に激突する。痛みは瞬間のものだろうか。そのあと、私はどこへ行くのか。頭蓋は砕けて確実に脳みそが飛び出すに違いない。血は勝手気ままに迸《ほとばし》って中庭駐車場のあちらこちらに染みをつくり、長い間私を縁取っていた肉体は形を崩しながら物体としてそこに存在するが、私は消えることになる。

十一階の階段の踊り場に立っていた。縮尺を与えられたマンションの中庭に日除けの樹木が茂り、手入れの行き届いた生垣が巡っているが、すべてがミニュチュア玩具のように見えた。夏至に向かう季節の、穏やかに暮れ行く時間帯だ。そのなかに身を置いて、しばらくじっとしていた。

頭の中にはさまざまな映像が駆け巡っていた。煙を吐きながら走る汽車、線香の僅かな揺らめき、まばゆい朝の光とシャトル・コック、それから医師の口許、姉や父の顔、喪服姿の母の後ろ姿もあった。私はそれらのシーンを切断するように、階段の手すりに手を掛ける。今ならまだ生きていることを知覚できるが、自分の体を薄暮の宙《そら》に解放した瞬間、体は地面に激突する。

瞬きするほどの時間で、すべての認識も消滅する。否応なく囚われ支配されていた事柄が瞬時にして吹っ飛んでしまう。十一階の外階段の手すりを越えてふわりと飛んだ間抜けな男の死体が、薄暮に包まれた駐車場の片隅に暮れ残る。やがて行われる簡単な儀式のあとに肉体も消滅し、煙となって大気圏のなかに雲散霧消するだろう。

駐車場に停まっている車の屋根に落ちたらどうなるだろう、と一瞬だけ考えた。車種によっては数パーセントの生存の可能性は残されるかもしれない。私の身体は車の屋根がクッションとなり、おそらくバウンドして地面に落ちることになるだろう。

だが、その場合であっても死と重症のルーレットゲームになるに違いない。生か死か、どちらの溝に転がり入るのかわからないが、重症で生きながらえたとしても、回りの人々に多大な負担をかけることに変わりはないだろう。初夏の陽射しに炙り出された生垣の西側半分が淡い紫光に切り取られて美しく輝いていた。これまで気がつかなかったが、そんな些細なことでも知覚できることが、まだ生きているということなのかもしれない。

死はなぜ恐ろしいのかと考えたことがあった。その先の世界が見えないからだろうか。死後の世界が具体的な形で目の前に披《ひら》けてあるならば、海外移住の感覚でさっさとそちら側の世界に渡る楽しさも出てくるかもしれない。しかし、その先の世界は実際には存在しないのだ。脳が破壊された時点で、三途の川も極楽も地獄もありゃしない。

これまで長い年月の間に大勢の人々と出会い、一時期を笑ったり泣いたり、時には罵り合いながら過ごしたが、場面が移り、時間が流れ、反りの合わない人も合う人も、大切な人たちとも別れなければならなかった。身を切るような別れの苦渋を何度も味わってきた。七歳になる少し前に母が去り、二十六歳の時に姉が亡くなり、最初の恋人に去られたのは二十代の後半、五十を過ぎてから心に決めた女性に去られて一人になってしまった。半年前には父を亡くした。そしてついに私自身が、私からも去ることになった。

遠くで礼拝堂の時の鐘が鳴る。県立高校の柔道部員の掛け声が遠ざかっていく。今、全身に強い風圧がかかった。否応なく死に近づいている。風景は歪み、記憶は液状化して行く。痛みや辛さ、甘美な思い出、生きていることの五感のすべてから解放される。もう目を開けることはできない。

―

脳の奥で音楽が流れていた。音楽というよりメロディの断片にすぎないが、これまでも時おりあったことなので驚きはしなかった。メロディは不意に始まり、止んでいることにも気づかずに終わっている。聞こえてくる曲はさまざまで、遠くからティンパニーを打ちながら近づいてくるような旋律のときもあれば「スーダラ節」が聞こえてくるときもある。

スーダラ節のときは大抵何か辛いことがあったときである。姉や父の死など努力してもどうにもならないことが起きたときだった。

幾人かの人々が私の近くまで来て短い会話を交わし、立ち去って行った。輪切りにされた会話は私に関することが多く、しかし会話だけが聞こえてすべての事柄が傍を足早に通り過ぎて行った。人々が遠ざかると静寂が影絵のように広がって行く。同じようなことが繰り返されていたはずだが、自分の身近なところで起こっている光景を目にすることができず、言葉を発することもできなかった。むず痒い不全感がだらだらと続いている。

どこからどこまでが自分の身体なのか、そもそも自分の身体がどこにあるのかさえ釈然としなかった。自分を自分の手で触ることはもちろん、指一本動かすこともできないのだ。それらのことがおぼろげにわかったのは脳の奥の方から例のメロディが聞こえてきてからだった。

そのとき私は目覚めたのだと思った。死んではいなかったのだ。しかし戻ったのは意識だけで身体機能は私の意思でコントロールできないところに存在していた。私は私の身体をどこかに置き去りにしてきたことになる。意識はむしろ鮮明になっているように思われた。とりわけ聴覚だけが異様に研ぎ澄まされている。

もしかしたら夢をみているだけなのかもしれない。夢と現実のシーンが捩じり合い、音もにおいも別な世界に置きかえられて新たな現実がつくられているのではないか。時間の概念も無くなって、昼と夜の区別がなくなり、もしかしたら歳をとることにも無頓着でいられるのかもしれない、などと考えていた。

額の上あたりから聞こえてきた会話の断片は、目覚めたときに初めて聞いたものだった。

――家族は、まだか？

野太い声だった。このあとしばしば登場する男で、私を担当している医師、もしくは病院の責任者といった印象を受けた。

――救急車に一緒に乗って来られたマンションの管理人さんの話では、独り暮らしのようなのです。

話し方の調子から、なりたての若い女医か看護師といった感じだった。

――ちょっと前までは北海道の老人施設に父親がいたらしいのですが、半年前に亡くなったそうです。

――身寄りは？

――ないそうです。管理人も後始末に困るとぼやいていました。

――厄介だな。排泄は？

――二〇分ほど前に、しるし程度。血圧の低下がみられます。

――頻繁にモニターのチェックを。

――はい。

——今夜かな。

——そう思います。

——地下室に空きがあるかどうか、確認しておいてくれ。

——わかりました。

衣擦れの音。話し声が次第に遠ざかって行く。

——警察にも連絡をしておきましょうか。

——いや、事件性はなさそうだから。亡くなってからでも遅くはないだろう。それよりも市役所の……。

——高齢福祉課ですか？

——そうだな。

扉の閉まる音。

——今日はあいにく、土曜日ですが。

——何とか連絡取れないか。

会話はここで途切れている。

彼らがいなくなると静寂が頭のあたりで深く息づいているように感じられた。その静けさの中に暫く沈んでいると、周りで浮遊していた短い会話の断片が少しずつ立ち上がってきた。それらの言葉を反芻しながら繋ぎ合わせていく途中で、私はとんでもないことに気が付いた。地下室というのは実は霊安室のことだと分ったのである。私は間もなく遺体として霊安室に運ばれ安置されることになるわけだ。

しかし、私は今ここにいる。私の身体は私にはわからないが、私は明晰に今ここに存在している。私の意識とは別な次元で事柄が進もうとしている。痛みや辛さは感じられなかった。身体的な知覚がないせいなのかもしれないが、意識は全ての肉体的な呪縛から解放されたように、むしろ爽快ですらあった。身体からの自由を獲得した意識がそれ自体で生存できるかどうかはわからない。しかし、少なくとも今は支障がないように思える。

どのくらい時間が経ったのか、小走りに近づいてくるスリッパの足音がした。重なるようにして革靴の踵の音、続けて私の名前を呼ぶ声がした。

――大越さん。大越路郎さんですね。

私の耳元に口を着けるようにして、名前を呼んでいる。

――市役所高齢福祉課の立花、タ・チ・バ・ナといいます。

ゆっくりした喋り方で、語尾を少しだけ放り投げるような訛りがある。その訛りは私が生まれ育った北国独特の響きをもっていた。

――会いたい人は、いますか?

沈黙、間があった。

――連絡して欲しい人はいますか?

人の動く気配。

――反応がないようです。

何人かの人々が去って行く音が聞こえていた。


雪原を遠ざかって行く母のうしろ姿があった。必死で追いかけようとしたが、体が思うように動かない。手を泳がせて前に進もうとするが、母との距離は一向に縮まらない。その母のうしろ姿を見ている少年のうしろ姿が見える。坊主頭が青々としている。夕べ父の厳つい手が切れ味の鈍いバリカンを不器用に動かして短く刈り込んだばかりだった。そのバリカンは叔父の一人が戦後、アメリカ兵から安くない金で譲り受けたものだった。

母が夢の中に頻繁に登場したのは丸坊主の頃だった。しかし、ある時期を境に母は現れなくなった。夜中にその父の厳つい手が丸出しになった母のお尻を打擲《ちょうちゃく》していたことがあった。原因も結果も分からないが、ぺたぺたという音が聞こえて目が覚め、息を潜めて障子越しに覗いた。暗闇に母の白い尻が浮かぶ。その尻を見ている少年のくりくりとした坊主頭が見えた。胸が高鳴り、意識の中から得体のしれないものがはみ出す。咽喉が乾き、時間が渦巻いていった。

しばらくして、豪雪の狩勝峠を越えて行く汽車の中で強く握り合った姉の手の温もりを思い出した。初めて姉と二人だけで真冬の汽車に乗った。鄙びた国鉄駅の助役になっていた三番目の叔父の家で正月の何日かを過ごすためだった。小学生になった初めての冬休みで、未知への好奇心と不安とが私の裡で相半ばしていたと思う。

私たちの乗った蒸気機関車は夕闇迫る豪雪の険しい峠をゆっくりと越えていた。乗客は少なく、角巻姿のおばさんたちが黒い塊のようになって車両のあちらこちらに蹲っている。汽車の中も薄暗くなっていた。その暮れて行く先の白い世界を見つめながら次第に不安が募ってきた。

汽車は吹雪の峠の向こう側へ、このまま誰もいない別な世界に突き進んでいくのではないかという予感がした。峠を越えた先で、汽車ごと誰も知らない世界へ、宇宙の彼方へ消えてしまい、もう家に戻ることができないのではないかと不安になった。理由はわからなかったが、父も私たちも、母もみんなばらばらになって二度と会うことができなくなるのではないかと思った。やがてその未知への不安は輪郭のない恐怖となって私のなかで増幅していった。

その日、無人駅まで送ってくれた母は、何時になく私と姉を交互に何度も強く抱き締め、何度目かの抱擁の後にはそっと目頭を押さえていたのである。その何時にない母の仕草が気にかかっていた。幼かった私には意味は分からなかったが、姉は薄々と感じていたのかもしれない。

「ねえ、お姉ちゃん」

私は自分が抱え込んだ不安を姉に聞いてもらいたかった。十歳になっていた姉は弟の不安をも引き受けなければならない自分の役目に、少し心細くなっていたのだろう。私は姉の顔を覗き込むように聞いた。だが、姉は前を向いたきり返事をしなかった。

「ぼくたち、戻って来られるの?」

私はもう一度姉の顔をみながら聞いた。姉は黙って私の手を握り締めた。私も姉の手をもっと強く握り返した。姉も私と同じ不安を抱え込んでいるのだと思った。腹の辺りが熱くなるような気がした。私は座席に深く座りなおして目を瞑った。汽車は短く汽笛を鳴らして、白い薄暮の狩勝峠を力強く越えて行った。

私たちの感じた不安は数日後、現実の出来事となった。私たちが叔父の家で冬休みを過ごしている間に、母がいなくなったのである。


救急車のサイレン音が聞こえてきた。あれは救急車が到着した音なのだろう、音がゆっくりと凋んでいった。サイレンの音は前にも何回か聞いていた。ひっきりなしに救急車が到着する。二十四時間昼夜を問わないだけに時間の判別がつきにくい。音には異常なほど敏感になっているのに見ることのできないもどかしさがあった。

しばらくして、病室の周りが騒がしくなった。廊下を行きかう足音が増え、次第に早く大きくなっていく。人々の叫び声がする。

――ゲンイチロウ、ゲンイチロウ、返事して、ゲンイチロウ！

――血圧六十八、どんどん下がっています。

看護師の声だ。

――ゲンイチロウ、死なないで、お願い。

――お母さんですね。

――はい。

――年齢を教えてもらっていいですか？

――四十一歳です。

――いえ、お子さんの歳です。

――あ、すみません。十五歳です。

――お兄ちゃん、目を開けて！

――先生、お願いです、何とか助けて下さい。

――大丈夫、落ち着いてください。お子さんの体重はわかりますか？

――五十、くらいと……。

別の医療スタッフが遠くの方から叫んでいる。

――第二手術室へ入れてください。天川先生に執刀をお願いしました。急いで下さい！

――はい、了解しました。

悲鳴とも叫び声ともつかない声に交じって若い男の声。

――ご家族の方はストレッチャーの後ろに回ってもらっていいですか。

――飛び降り自殺なんて、なんてバカなことを！

――お兄ちゃん、可愛そう、虐められていたなんて。

――はい、手術室に移動しますよ。すみません、そこを通ります。前を開けてください。

ストレッチャーのキャスターが転がる音に続いて何人かの足音が小さくなっていく。

――ゲンイチロウ！

――お兄ちゃん！

一瞬の出来事だった。叫び声が遠ざかっていくと、病室の周りはすぐに静かになった。


突然モールス信号音が聞こえた。少年時代に何回か聞いた記憶がある。宇宙の彼方から私だけに密かに伝えられるメッセージではないかと胸がドキドキしたものだった。一度は解読してみようと思い、国鉄に勤めていた叔父に信号音の記号の解読を真剣に教わったこともある。叔父は第二次世界大戦に通信兵として従軍したときに覚えたのだという。

耳鳴りの一種なのだろうが、信号音は成人してからも強いストレスを受けると聞こえてきた。だが、記号の解読はいつしか意識の底に紛れて忘れてしまっていた。今また、トン・ツー、ツーツートンと信号音が耳の奥で低く鳴っている。解読できないままに終わってしまうのが残念だった。

子どもの頃馴染んだ禅寺の鐘楼が見えた。剃髪式を終えたばかりの寺の小僧が鐘撞き棒にぶら下がり、ターザンのような格好で時の鐘を撞いているに違いない。子どもの頃、峠の頂上付近にあった禅寺の鐘楼から街全体が見渡せた。よく鐘楼に登って老住職に怒られたものだ。もっとも当時は「老」という字がつかなかったが、その住職も今は亡い。

鐘楼に登ると、街の裏側を走っていた旧国道が一直線に峠を駆け下りているのが見える。旧国道は砂利道から舗装道路に変わったが、バスも車も自転車も人も、犬さえも通らなくなり、廃屋だけが点在する無人集落になってしまっている。廃屋は段畑の中途あたりまで点在して朽ち、それぞれの流儀で自然に還ろうとしている。私も姉もそこで生を受けて育ち、小鳥が巣を出るように飛び出し、父が新しい家を建ててからは廃屋となっている。

そっと、一軒の家の窓から中を覗いてみた。祖父母が健在で、姉もいた。その周りに叔父叔母たちが大きなテーブルを囲んで酒を呑んでいる。珍しく父のすぐ下の弟もテーブルについている。いつもは、額縁に入って床の間に飾られていた。軍服を着て軍刀を腰に下げ、胸には誇らしげに勲章を提げている叔父の肖像画だった。額縁の右隅に「一九四五年、軍帽のみ帰還」とだけ書かれている。肖像画は叔父が戦死したあとに描かれたもので、勲章は戦死の代償だった。死ぬことがわかっていても、死に向かって進むしかない道もかつては存在した。非日常の中に異常な状態を異常と認識できない戦場では、逃げることが肉体の死ではない死を意味したのではないか。

廃屋の中に目を凝らすと、中に集っているのは死者ばかりであることに気が付いた。一時期の家族が揃い、姉の声が明るく弾んでいた。だが、その明るさが私の心を激しく揺さぶった。明るさの陰に姉の悔しい気持ちが伝わってきたのだ。その姉が振り返った。

窓から覗いている私に気がついたのか、姉の顔がくしゃみをする直前のように一気に崩れた。そのあとは感情失禁したようにしばらく嗚咽していた。もっと生きたかったろう、もっと人を愛したかったろう。

姉は三十代の初めに夭折した。発病して土壇場に立たされたとき、自分を慰め癒してくれる確かな事柄を求めていたのかも知れない。最後の数ヶ月は癒しの言葉や自分の胸のうちを聞いてくれる人や宗教に熱中し、残り少ない時間を使っていたように思う。亡くなったあとの姉のマンションからは、哲学書やマインドコントロールの方法を解説した書物や新興宗教の教則を解説したと思われるような冊子や講演会のパンフレット類が溢れるように出てきた。

姉が宗教とか神の存在といったことに興味を持っていたとは甚だ信じがたいが、そうするしか方法がなかったのかもしれない。空虚に過ぎ去っていく時間のなかに心の拠り所や生きる意味を掴みたかったに違いない。

姉はスポーツ好きの活発な女性だった。私が東京で生活し始めた頃には、すでにスポーツ新聞の記者として昼夜を分かたず、大股で走り回るように仕事をしていた。色の濃い大きめのサングラスが似合う鼻梁の通った顔だった。しかし、結婚する前に急性骨髄性白血病と診断されてしまったせいもあるが、独身のまま逝ってしまった。

発病後は人生の表と裏が逆転するように劇的に生きる意味が変ってしまったのかもしれない。否応なく自分と向き合わなければならなかった。たった一人で自分の病と戦わなければならなかったのだ。苦しく辛い日々が続き、その先には自分が消滅するしかない世界が見えていたに違いない。姉は人の数倍の速さで人生を生き、急ぎ足で立ち去った。

死の前日、姉は見舞いに行った私に死期を悟っているかのように「もういいのよ」と言った。また来るからと言った私に微笑みかけようとして失敗した後だった。「もう来なくてもいいのよ」と言うつもりだったのか、「来ても無駄よ」という意味だったのか。聞き返そうとして私は言葉を呑み込んだ。

私も自分のなかで気持ちの整理がつかないまま薄暗くなった病室のベッド脇のパイプ椅子に曖昧に座っていた。夜勤の工場へ急がなければならない時刻が迫っていたが、しばらく二人は沈黙したままでいた。生きて顔を合わせることは、もうできないかもしれないと、姉も私も考えていたのだと思う。二人とも言葉を継げないでいた。

病室の入り口に看護師らしい白い影がみえたところで私は立ち上がった。姉の痩せ細った手を握りしめ、無言で病室を出て長い廊下をのろのろと歩いた。病棟を抜けると吹きさらしの渡り廊下があり、淡い牡丹雪が降り出していた。東京では珍しいその年の初雪だった。あの豪雪の狩勝峠を越えて行った汽車の中を思い出した。姉の手の温もりがまだ私の手の中に残っていた。頭の中に「スイスイスーララッタ」というメロディが流れていた。その旋律を口ずさみながら私は重い足を持ち上げるように前に踏み出し一度も振り返らずに廊下を一気に渡りきった。静まり返った廊下に自分の靴音だけがやけに大きく聞こえた。

夜勤が明けた翌日の朝、担当医から姉が息を引き取ったと知らされた。

姉の通夜には友人知人、それに仕事関係の人たちが長い列をつくっていた。なかにはテレビで見知っているプロスポーツ選手やニュース番組のキャスター、引退直前の野球選手や同郷でもある柔道のオリンピック選手もいた。取材などでお世話になったアスリートや仕事仲間の人たちだった。姉は意外にも周りの人たちに可愛がられて仕事をしていたのではないか、弟の私にそう思わせるような顔ぶれだった。

だが、元気な頃の姉を知っている人にとって、最後の入院となった頃の姉のやつれ顔は無惨だったに違いない。スポーツ記者として飛び回っていた頃の姉は、革命軍の美人兵士とからかわれていた節がある。私には気がつかなかったが、短めの髪型に意志の強さを感じさせる目鼻立ちは、外国映画のスクリーンに放り込んで自動小銃を持たせたほうが似合っていたかもしれない。その姉も恋人から身を引き、自分に与えられた運命を受け容れて逝ったのだ。

スポーツ選手の列の後ろに数珠を持ってひっそりと佇んでいる男がいた。その左手の薬指に結婚指輪が嵌められているのが見えた。私はその男に会ったことはないが、いつか写真で見たことがあった。そうか、そうだったのか。

本棚にあるド・スタールの画集を病室に持ってきて欲しいと姉に頼まれたことがあった。最後の入院生活が始まった頃のことである。姉がこよなく愛したド・スタールの複製画だった。このロシア生まれの天才画家が描いた雪の中を疾走する汽車は、今も私の中で同じ速度で走り続けている。母と別れた日、あの豪雪の狩勝峠を越えて行った夕暮れを姉も忘れていなかったのだ。私は思わず心が躍った。

姉のアパートで本探しをしていると、別の本の間から黄ばんだ新聞記事の切り抜きと二枚の写真がこぼれ落ちた。切り抜きは、姉の書いたスポーツ記事が初めて新聞に載ったときのものだった。

写真の一枚にその男性が写っていた。彼は旅館の浴衣を着て窓際のソファーにゆったりと腰を下ろしている。テーブルにはコップが二つ、呑みかけのビールが入っている。撮影者は姉に違いなかった。もう一枚の写真にはちょうど左右対照的な位置に、浴衣を着た姉が写っている。元気な頃の姉は全身に命が漲っているように見えた。内側から命がはち切れそうな印象を受けた。

姉に恋人がいたことに、私はほっとしていた。姉は仕事一途に生きたと思っていた。結婚もせずに発病し、男女の深い交わりも経験せずに姉は天に召し上げられてしまうのではないか、なんと淋しい、なんと潤いのない人生だったのだろうと暗い気持ちになっていた頃だ。

写真で見た男が有名スポーツ選手と一緒の列の後ろのほうに並んで焼香していたのである。そのとき私の頭の中で、途中からみた映画のストーリーが一巡して繋がるように、繋がったのである。あの写真の背後にある意味が理解できたのだ。姉にも、胸がときめき全身の細胞が沸き立つような時間があったのだと思い、心の中で姉に拍手喝采した。

私は複雑な気持ちで男に目礼した。発病しなければ、姉はその男の周りにいる幾人かの人間を傷つけ、自ら血まみれになり、不倫は悲劇に終わっていたのではないか。いや、悲劇ではとうてい終わらずに、姉は生き地獄をのたうち回っていたのかもしれない。あらためて私は胸をそっと撫で下ろした。


今日一日、私はいったい何をしたのだ。人生最後の日をどう生きたのか、違う一日もあったのではないか。目覚めてからしばらくベッドの端に腰を下ろしていた。きょう一日を生き継いでいる意味は何だろうと考えていた。その先の生きている日々に意味があるとすれば、それは自分のことではないように思えた。一日、一ヶ月、一年、十年、百年……生きていても死んでいても、時間は淀みなく刻まれていく。時間の側からみると、生物が生きていることと死んでいることの意味に何の変化もないのだろう。

朝日を浴びるのは体に良いらしいと教えてくれた人がいて、早朝散歩に出かけることにしていた。自分の身体に異変が起きているのではないかと気がついた頃から始め、一日の行動プログラムの一つに組み込んでいるが、今は虚しく時間を消費するだけの日課になってしまっている。それも今日でお終いだ。

樹林公園を横切るとき、バトミントンをやっている夫婦を見かけた。その動きはきびきびとして気持ちがよさそうだった。体の切れが良いのだ。地面に落ちそうなシャトル・コックをきわどく拾い上げる技術はなかなかのものである。二人とも基本技術をしっかり身につけており、色気さえも感じる。私は思わず足を止めて見とれてしまった。

若い夫婦かと思ったが、近づいてみると二人とも私と同じくらいの年恰好だった。お世辞にも、若いとはいえない。それにしても身のこなしがいい。息もぴったりな初老の夫婦といった感じだった。

だが、二人の間を飛び交っているはずのシャトル・コックが見えなかった。音もきこえなかった。シャトルの皮の部分がガットに当って潰されながら空中に跳ね飛ばされる瞬間に空気を切り裂くブッという独特の音が聞こえないのだ。シャトルがないのか。私は自分の眼を疑った。途中でシャトルを紛失してしまったのか、初めからシャトルなしでバトミントンに興じていたのか、いや演じていたのか。

「シャトルが見えない、ですか？」

初老の夫婦はシャトルを打つ動作を止めようとせずに、声をかけてきた。

「ええ、見えませんが」

私は少し狼狽しながら応えた。

「おかしいなぁ」

からかわれていると思った。

「ほら、ここですよ、ここ」

見えない。私には見えなかった。

「あっ」

「どうしました？」

「木の枝に、引っかかっちまった」

シャトルが引っかかったとみられる木の枝を夫婦で見上げている。私も夫婦の視線を追った。

「難儀やなあ」

男が舌打ちした。シャトルは見えない。

「難儀や」

男と同じ言葉を発した女の顔はのっぺりとして表情に乏しかった。朝日が眩しかった。私は頭が変になってしまったのだろうかと自分を訝りながらその場を離れ、大股で公園を横切った。バトミントンのシャトルは本当にあったのだろうか。

私の最後の一日は、つまりこんな風に始まった。あのぴったり息の合った初老の夫婦が存在したことがはたして現実のものだったのか、今もわからない。私はどう生きようとしてきたのかと自問した。私の生は何かのために、世のために誰かのために、役に立つことがあったのだろうか。いったい生きたこと自体に意味があったのだろうかと。

午後、エントランス横のメールボックスを見に行った。郵便配達人が午後の配達を終えてゲイトを出て行くところだった。制服の後ろ姿がゲイト横の生け垣から直角に消えて行くのが見えた。その日二回目の配達の後だったから三時半頃だったろう。私のメールボックスには二通の封書とどぎつい色合いのチラシが入っていた。

封書は若い頃にサンタ・マリアやモンテビデオをうろついたときに利用した旅行代理店の社名が印刷されていた。もう一通は高校の恩師からのもので、北国の小さな町の農林高校で日本史を教えていただいた。手紙はこの春のクラス会でお会いしたあとに、私が出した礼状に応えてくれたものだった。私にとっては最後のクラス会となった。お世話になった恩師へのお礼と密かなお別れの挨拶のつもりで書いた礼状だった。この世で読んだ最後の文章は、老歴史教師からいただいたやや長文の手紙ということになった。

高校一年の夏休み前日のことを思い出した。私は自転車を押しながら友だちと一緒に歩いていた。下校途中の信号機のない最初の交差点が永遠の別れ途となった。そのとき彼は私の背後で何か冗談を言ったようだったが、私にはよく聞き取れなかった。聞き返そうとして振り返ったが、彼は私の方を向いたまま自転車のペダルに片足を載せて体重をかけたところだった。

「じゃぁ、な」

彼の発した言葉は彼の姿もろとも、どんという音とともに掻き消されてしまった。自転車ごと黒塗りの外車に十メートル近くも飛ばされて、永遠に沈黙してしまったのである。私はそのとき、実際に飛んでいる友人の体を目に焼き付けてしまった。嘘だと思った。こんな現実はフィクションに違いないと思った。人を笑わすのが好きな男で、クラスの人気者だった。美男とは言い難いが、他校の女生徒からも持て囃される存在だった。私も彼の剽軽さが好きだった。いつでもどこでも、彼とは一緒にいる時間が多かったような気がする。

しかし、今見た現実はフィクションでもお笑い芸でもなかった。自分の足元にある現実が信じられなかった。こんなにも簡単に生身の躰が死の淵へ、今生の場面が一瞬にして死地の世界へ暗転してしまうものなのか、信じられなかった。信じようとしていなかったのかもしれない。

しばらくの間、私は彼の死体のそばに呆然と立っていた。時間も景色も止まっていたのではないか。気がつくと禅寺の時の鐘が鳴っていた。彼に与えられた時間が終了したことを告げたのだと、私はその時思った。そして今、私も生きられる時限を超えようとしている。

二

故郷を離れる日のことだった。私は高校の詰襟服を着て無人駅のプラットホームに立っていた。父は乗馬ズボンに長靴姿で現れた。息せき切って走って来たのだろう、肩が大きく波打っていた。その日の最後の汽車が出発する直前のことだった。

父は私の前に立ちはだかると、乗馬ズボンの左のポケットから黙って厳つい手を差し出した。その手には数枚の一万円札がきつく握られている。躊躇していると、父は黙ったままその手を何度も突き出し、「持っていけ」というような仕草をした。ちょっとの間、夜のプラットホームの残雪と月明りの中に父と私は無言で向かい合っていた。

「いらないって、言ったろう」

意表を突かれた私はぶっきらぼうな言い方で父に背を向け、汽車のタラップに足を掛けようとした。

「持ってけって、餞別だ。邪魔にはなんねえぞ」

その年の正月三が日を過ぎた頃だった。私が東京の印刷会社に就職が決まった日の夜、父はちゃぶ台を抱えるようにして焼酎を呑んでいた。その背に私が声を掛けた。

「本当に、行ってもいいのか？」

「いいも悪いもなかべ。おめえの人生だ」

父の背中が揺らいで見えた。

父は、私がこの町の営林署か役場にでも職を得て嫁を貰い、この町に根を張って一緒に暮らそう、と何度も言っていた。

「子どもだってよう、たくさんつくれば賑やかで、淋しかぁないぞ」

私も高校へ行くまでは父の希望の中で生きてきた。

「そのために無理して農林高校まで行かせたんだ」

父の期待に反して私が選んだのは、東京の大手印刷会社の工員だった。

「そこは寮も完備しているし、ちゃんと食事も三食ついている。東京へ行くまでの汽車賃さえあればなんもいらんから」

私は働きながら金を貯めて、夜間の大学に入ってもっと学びたいと考えていた。そのために東京という利便な立地が必要だったのだが、実は姉と同じ道を歩もうとしていたのである。姉と同じ道なら、父も認めてくれるのではないかと期待していたからだ。姉は地元の普通高校を卒業してすぐに上京し、スポーツ新聞社の使い走りをしながら都内でも名の知れた私立大学の第二文学部を卒業している。

父にしてみれば、妻に去られ、姉も故郷を離れ、頼りの息子までが家を出て行くなどまったく想定外だったろう。

「そん代わり、なんもしてやれんぞ」

父は焼酎を呑みながら呂律の回らない言い方で私の東京行きを認めた。

「金がかかるから、帰ぇって来んでもいいぞ。俺のことなら気にしなくてもいいかんな」

出立の日、父は林業組合の寄り合いがあるとかで家にいなかった。私は父に、お盆休みには帰って来るからと置手紙をして家を後にしたのである。父は右手に置手紙を、左手で札束を握りしめ、雪道に足をとられながら前のめりに走ってきたのだろう。

父がくれた餞別は当時の給料の三ヶ分に相当する額だった。私は遠ざかる故郷に向かって汽車の中で手を合わせた。その金は父が自分の生命保険を解約して工面した金だと分かったのは、仕事に少し慣れてきた頃だった。それとなく姉が教えてくれたのである。父の思いが染みた一万円札は東京での生活にどんなに役立ったかしれない。

父の思いをバネにして働きながら姉と同じ夜間大学で学び、卒業と同時に印刷会社を辞め、赤羽にあった独身寮を引き払って都内にアパート借りた。新しい職場を探す為だった。

しかし、折からのオイルショックに続いて戦後最大といわれる不況で三ヶ月経っても仕事が見つからない。貯金が底をつき、売れるものは売り払って食いつないだ。社内運動会の景品としてもらった銅製のライオンの置物まで古物商に持ち込んだ。だがその金で買えたのはアンパン二個だけだった。飢え死にしそうになったのはこのときである。スポーツ新聞社の印刷部門で働くことになったのは夏の終わり頃だった。この時も姉の世話になっている。姉が別部門の上司に頼み込んで斡旋してもらったのである。

翌年の春、私は父に貰った餞別と同じ額を懐に入れて帰郷した。そのとき父は営林署の仲間や近所の呑み仲間を呼んで祝杯を挙げてくれた。

「こいつがよう、苦労して溜めた金を俺にくれるって言いやがるんだ。まだ嫁も貰えずにぐずぐずしている若造がよう」

父は照れ笑いを繰返して酒を振る舞い、手拍子で調子外れの歌まで唄って酔いつぶれた。

翌日の夕方、無人駅のプラットホームで別れるとき、初めて故郷を離れるときと同じシーンが繰り返された。

「この金をお前にそっくりやるから、早く結婚しろ、早く孫の顔を見せに帰ぇってこい」

この時は雪明りではなく、沈丁花のにおいが強くした。

姉の回忌法要に帰郷した時には初めての恋人を伴った。私は父に紹介したうえで、あらためて彼女にプロポーズする心づもりでいた。父は前年の夏に、姉の法要に合わせて、ヒノキの香りのする家を新築したばかりだった。姉の仏壇も新しくなっていた。

父は法要が終わって客が退けてから、焼酎を呑みながら息子とその恋人にいきなりこう言った。

「土地も家も、おめえ達に全部くれてやる。だから早く帰ぇってこい」

女性は困惑したばかりではなく、自分の知らないところで、私の故郷で舅との同居話が進んでいると誤解したのか、早々に東京へ逃げ帰ってしまった。娘を喪い、息子に去られた心の空隙を埋め戻すかのような父の提案だった。その後彼女とは何度も話し合ったが、結果的に彼女は私の元を去って行った。

このとき父は既に大腸がんに冒されており、失意のどん底にあったと後で分かったのである。息子にも言わず、一人で苦しみと絶望感に苛まれていた依怙地な父が痛々しかった。法事が終わった二日後、父は隣市の外れにある総合医療センターで大腸を二十五センチほど切除した。私の帰郷に合わせて手術日を決めていたのである。

手術が成功したことを見届けてから私は東京に戻ったが、父は驚異的な快復力を示したらしい。過酷な仕事で鍛え上げられた身体は、一ヶ月足らずで職場復帰するまでに快復し、その後九十歳を超えて長生きするとは私もそのとき思わなかった。

手術のあと、父は失った家族を再生することに執着し始めた。

家族崩壊が始まったのは、私が六歳の時だった。母は私が通っていた小学校の担任教師と間違いを起こして町を出て行ったのである。父が母の尻を打擲していたのは、駆け落ち事件の直前だったと思われる。私はちょっとした事にも集中できず、微熱のような落ち着かない日が続いた。

父は近所中から同情と嘲笑の入り混じった顔で見られて居たたまれない時もあっただろう。だが、姉と私を抱えて森を守る仕事に生きてきた。一本一本の木に手を掛けて育ててきた。「木は、子どもみてぇなもんだ」と口癖のように言っていた。子どもを育てることにも不器用ながら手を抜くということをしなかった父の手は、何時も樹脂のにおいがした。言葉ではなく、いつも黙って必要なことをやってくれていた。愚直だが父の背中はたのもしいと思って育った。

一滴の酒も呑めなかった父が呑むようになったのは母が家を出て行ってからである。私が家を出て独りになってからは、毎日浴びるように呑み始めたらしい。大腸がんと診断された時は、大酒呑みもがんの一因だと軍医上がりの町医者に脅かされて一時中断したことはあるが、独り身の寂しさを紛らわす唯一の友を手放すことはなかった。

父は私に家族再生の夢を託していたのだと思う。父に再婚する意志はさらさらなく、私もまた、定年が間近かになるまで結婚に踏み切る勇気を持たずにきてしまった。

五十を過ぎた頃、私の帰郷に理解を示してくれた六歳年下の離婚歴のある女性と知り合い、私もその気になった。結婚の約束をして半同棲のような暮らしを三年ほど続け、父にも手紙で知らせておいた。しかし、その女性も四十の後半にさしかかる頃になると、年齢的に遅すぎるか、早すぎる難しい時機にいることに気づき、お互いにその先の結婚までの一歩を踏み出せずに別れた。彼女もまた老いた両親を抛《ほお》って、遠く離れた私の故郷で家族を持つことに踏ん切りがつかなかったのである。

母が東京にいるらしいと知ったのは姉が亡くなってから間もなくのことだった。姉の遺品の中から母からの手紙が何通も見つかったのである。私は重い衝撃を受けた。姉は故郷を出る前から母の居場所を知っていて連絡を取り合っていたことにも驚いたが、姉がその事実を私にも父にもひた隠しにしていたことになる。激怒する父ではないが、姉は深く悲しむ父の姿を見たくなかったのかもしれない。私も姉に裏切られた気分だった。

母に会ってみたいと思うようになった。父を裏切り私と姉を捨てた母に会って、子どもの前でどういう表情をするのか、どう振る舞うのか、どういう性情の女なのかを確かめたいと思ったのである。一時期、身を以て知りたいと思いつめていた。

母が家を出た子どもの頃、私は一度も人前では泣かなかった。号泣したらしい姉が悪戯っぽい目をして「路郎は根が冷たいのよ」と私をからかったことがあった。人前で男の子は泣くもんじゃあない、と父や叔父たちに言われて育ったからでもあるが、私が泣かなかったのは、男だからでも冷血だからでもなかった。母が居なくなったことが納得できなかったからである。世の中の男と女の関係もまだわからない時期に、自分が親しんでいた先生と母がどうして同時にいなくなったのかが理解できなかった。

大人になって分かったことがいくつかあった。戦争が激しさを増してきた頃から母は小学校の臨時事務員として働いていたことがあった。戦場に行ったまま帰らなかった男たちの代わりに女性が駆り出された時期である。職員室の雑用係のような仕事をしていたらしい。

戦争が激しくなるにつれてますます教員が不足し、師範学校を中途でやめざるを得なかった母までが代用教員として教壇に立つことになったのである。母は教師になる夢が実現したことになるが、師範学校を中退せざるを得なかったのは、戦争が始まって間もなく父が戦死したからである。

母が教師として赴任してきた男と恋に落ちたのは終戦の直前だった。結婚の約束をしたが、彼もまた陸軍第七師団の兵士として戦場に駆り出され、千島列島に配属される。間もなく戦争は終結したが、日本がポツダム宣言を受諾し、調印した直後にソ連軍が千島列島に侵攻してきた。圧倒的に不利な戦闘があり軍用施設や民間の缶詰工場等が破壊された。漁船などに乗せて女性や子どもを優先的に逃がしたが、多くの兵士は戦死するかソ連軍の捕虜となった。恋人を待っていた母の周囲にも戦死の噂が怒涛のように流れ、確認することも充分にできないまま時間だけが過ぎていった。消息のつかめない恋人を待っていた母も、やがて失意のうちに親に勧められた営林署員の父と見合いし結婚したのである。

男がシベリア抑留から帰還したのは、母が私を生んだ年の暮れだった。姉はすでに四歳になっていた。男は悔し涙を流したが、それを知った母の心にも小さくない波が起ったに違いない。お互いに未練を心に残しただけではなく、一人では抵抗できない得体のしれないものに押し潰されたというやるせなさがあったのではないか。父を戦争に奪われ、今また自分の運命も狂わされたという不条理感が尾を引いていたのではないか。

しかし、そうであっても幼い子どもを捨て、自ら母親であることを捨てたのはどういう心象だったのか、子どもとして知りたいと思ったのである。


母は喪服を着て私鉄駅の改札口を出て、足早に階段を降りてきた。薄化粧をしていたが、額に汗を滲ませ、ほつれた前髪を気に留めず、バス停に向かった。二十余年ぶりに見る母の姿だった。子どもの頃に見た若々しいシャープさは失せていたが、姉の横顔を彷彿とさせた。その頃の母は既に四十の半ばを過ぎており、弔問帰りのせいもあってか疲労感が滲み出ていたが、背丈も輪郭も姉そのものだった。

家を出て母はどう生きてきたのか、あの小学校教師とどんな家庭を築いてきたのか、知りたかった。私の裡には子ども心に刻まれた母への理不尽な傷が疼いていた。不器用で生真面目な父の悔しさを考えると、どうしても言っておかなければならないことがあったのである。山ほどあった。姉の死に際を母に伝えてやりたかった。家族を再生することを夢見て果たせなかった父の無念さと生き様を伝えてやりたかった。しかしその日、私は少しやつれた母の姿を目に焼き付けただけで踵を返した。

母が働いている大きな病院の待合室でその働く姿を見たのが二度目だった。シーツや検査用の衣服の入った山盛りのカゴを押してリネン室に向かう途中で母は何度も私の側を通ったが気づかない。私はマスク姿でロビーの長椅子に座って新聞を広げていたからである。母が側を通るとき、懐かしい母のにおいをかいだような気がする。あの冬の無人駅で私と姉を交互に抱きしめてくれた時の母のにおいを思い出したが、もちろん錯覚だったろう。記憶が先に反応してにおいを疑似体感したに違いなかった。

何度か母の姿を追い求めていると、母に会う意味が私のなかで次第に色あせてきた。母の前に名乗り出て母を問い詰め、答のない答えを無理に引き出したとしても、その先に一体何があるというのだろう。母にも、この二十年近くの間に新しく築き上げてきた家族や生活があり、誰にも侵されたくない心理的境界があるはずだった。母を追い込むことばかりを考えていた自分の未熟さに気がついたのである。目を三角にして声を荒らげ、中年女性を問い詰めている自分の姿が疎ましくなったのだ。

最後に母を目撃したのは、母が住んでいるアパートの前だった。十歳くらいの女の子を学校に送り出しているところだった。私はマスクにサングラスを掛けて急ぎ足で通り過ぎただけだったが、八重歯が覗いていた女の子の明るい声が耳の奥で暫らく尾を曳いた。

その時を境に私の夢の中に頻繁に現れていた母が姿を現すこともなくなった。もう三十五年ほど前のことではあるが、その時に見た女の子は、すでにその時分の母の年齢に達しているだろう。あれから母に近づいていないが、父にも母の消息を伝えずに終った。

父と電話で話をしたのは半年ほど前のことだった。父は北国の町立老人保健施設で暮らしていた。数日後に九十六歳の誕生日を迎えることになっていた。これまで娘に先立たれた悔しさを埋め合わせるように生きていた。父は五人兄弟の長男として賑やかに育って成人したが、夭折した末弟を除いて、戦争の時代を挟んで男兄弟は皆逝ってしまった。すぐ下の弟は南方の戦場でマラリアに倒れ、通信兵として従軍した三弟は無事に帰還したが、戦後しばらくして肺結核で死んだ。四弟は酷寒の戦地で抑留中に餓死した。鉄砲玉に当たって死んだ者はいないが、戦争は家族を揺さぶり切り裂くように崩壊させた。

生き残った父は、結婚して家族を設けたのちに妻が去り、自分の膝下で育てた子どもたちがいなくなり、今一人で最晩年を迎えている。

あの日、私の乗った夜汽車が残り雪に囲まれたプラットホームを離れたとき、父の背中にどんな風が吹きぬけて行ったのだろうか。生命保険を解約して持たせてくれた餞別に、父は一人息子の私にどんな希いを込めていたのだろう。姉の骨壺を生まれ育った郷里の家に持ち帰った日の人間をはみ出したような父のやつれ顔を忘れない。家族を取り戻そうとしていた父の気持ちが今しみじみとわかるような気がした。

その日もまた、父は老人保健施設のやりかたを罵っていた。一人では自由に戸外を出歩くことができないからだ。もちろん、老人の安全に配慮した施設側の方針であるが、介護スタッフの付き添いなしで外出することができない決まりになっている。転倒して骨折でもしたら施設側の責任が追及されるばかりではなく、父にしても寝たきり状態となり、そのまま回復できない可能性があった。父の要望に寄りそってあげたいと思うスタッフがいても、気まぐれな外出に付き合っている余裕はない。大抵はやんわりと断る。

介護スタッフには父の魂胆が先刻お見通しなのだ。父は歩行器を押していれば誰の介助も受けずに一人で外出できる。気ままに身体中で風を感じたり、少しの間でも定食屋の木組みの椅子に腰をかけて酒を呑みたいのである。

だが、父は入所したての頃黙って外出し、大騒ぎになったことがあった。帰り道がわからなくなったのだ。不慣れな環境と集団生活に息苦しさを感じていた頃でもあり、酒好きの父の心情を慮ると、止むを得ないところもあったのではないか。しかし、介護スタッフからの信頼はそれ以来失われたままだ。

実際には、父は医者からアルコールを厳禁されており、身体も受け付けなくなっているのである。眼もほとんど見えなくなっていた。老眼鏡を首からぶら下げてはいるが、活字を読むことはできない。それでも父は、酒のにおいを嗅ぎ、新聞から立ち上がってくるインクのにおいや周りの喧騒に身を浸したいのだ。

かつて苦も無くできたことを、自由にふるまえた若き日のことなどを、命が燃え尽きるまでのもう少しの間、追体験してみたいのである。父はいつもその場面を頭のなかでシミュレーションをしている。柔らかな光を受けている自分の背中を見ている。だから毎日のように父と介護スタッフのやり取りが続くのだ。元気だった頃の張りのある父の声や、乗馬ズボンを穿いて林野を走り回っていた頃の精悍な横顔を思い浮かべようとしたが想い出せない。ただ哀しいだけの父の姿しか浮かんでこないのだ。

七十代の後半で父は車の運転を諦めた。移動は自転車に切り替えたが、今は歩行することさえ諦めなければならない時期にきている。諦めるのは淋しい決断だったろう。ある日、父も人の手を借りなければ何もできない自分を発見して愕然とする。現実の自分に苛立つが、独りではどうすることもできない。その厳しさに落涙しながら、終末を迎える。「くたびれたな、もういいか」とぼんやり考える時がやってくるだろう。自分のなかの時間が有限であることを納得しなければならない時期がそこまできている。

老人保健施設の一室で父の死が確認されたのは、私と電話で話をしてから僅か数日後のことだった。私は家にありったけの現金をもって夕方の飛行機に乗った。

父の遺体は施設の地階にある特別室に白っぽく仮り置きされていた。入所仲間の老人たちだろう、とぎれとぎれに数人ずつ焼香を繰り返しており、誰もが無言で目線を下にしてゆっくりと行き交っていた。父の枕辺には若い僧侶が背筋を伸ばして立っており、私の到着を待っていたかのように、すぐに枕経を唱え始めた。読経の途中で僧侶が鐘を打つと老人たちは一斉に皺枯れた手を合わせて唱和しはじめる。般若心経の最後のくだりでは、バラバラではあるが皆得意げな顔をして一段と声を張り上げた。

父の顔から白い布を外して、久しぶりに父と対面した。室内灯の角度のせいなのか頬がこけて見え、こけた部分に水彩絵の具で刷いたように薄い影が射していた。直接の死因は誤嚥性肺炎ということだったが、大腸がんの手術後は病気らしい病気もせず、ほぼ健康な体で九十六年の生涯を閉じた。息子の私にも弱音を吐かず、依怙地なほど自立した晩年を生きた男は、私の目の前に自らの死体を遺して旅立った。大正の初めに生を受け、戦争の時代に相次いで弟たちを亡くし、戦後に築いてきた家庭のぬくもりも束の間に終わり、娘に先立たれた時は跪いて呻吟し、自らの病を乗り越えて激動と混乱と成長のなかで、質素ではあるが力強く生きた父だった。

僧侶の打つ鐘の音が一段と高鳴り、読経が終わった。そのとき私の裡で何かが終わりを告げたのだと思った。すべての事柄が薄く遠のき、目の前にあった父の遺体は虚構とも現実とも区別がつかず、曖昧のまま線香の煙とともに時空に溶けていった。私はもう涙すら出なかった。

父が亡くなってから、ことさら死を意識するようになった。父の死も姉の死も、取り戻すことのできない現実であり、変わりはないはずなのに、父の死はまるっきり違った印象を私に与えた。それまで私に見えていた事柄が明らかに違って見えたのである。

姉の死は悔しく残念な死に違いなかったが、私が姉の気持ちに寄りそうことで理不尽な死を姉と一緒に受け入れていたように思う。しかし、父の死は違った。父の死は生き物としての死であった。滅びゆく肉体の死が直截的に私の身にも迫ってくる死だった。命には否応なく限りがあるということを教えてくれた死だった。誰もが経験する最期の一日、Xデイが必ずやってくることをあらためて認識させられた死だった。急ぐこともない、焦ることもない。必ずそのときがくる。父の死は、私の裡《うち》にあった。

父の遺品の整理を終えてひとまず東京へ帰る時、座卓の前に置かれた座布団に目が留まった。母が家に居る時分に誂えた五枚組の一枚で、ことさら父が愛用していたものだった。ところどころに継あてや綻びが見えており、仏壇を背にして定位置におかれた座布団は主人の居なくなったあともひっそりと存在感を放っていた。

大抵の人は朝出かけて夕方に戻ってくるが、やがて帰ってこない時がある、それが人の死だと思う。その草臥《くたび》れた座布団は主人の帰りを待っているように存在していた。父もまた、すぐに戻ってくるつもりで老人保険施設に出かけたに違いない。

座布団のへこみにそっと手を置いてみた。父の影が射しているように冷えた感触があった。その時ふいに私の裡からこみあげてくるものがあった。最後の肉親を失った淋しさからではない。父の死が悔しかったからでもない。父の孤独に寄りそってあげられなかった自分の愚かさに気がついたからだ。

母が去ったのは父のせいではない、父は父なりのやり方で母を愛していたと思う。ちょっとした時空のひずみに陥ったかのように、家族は揺さぶられ引き裂かれた。だが、修復は可能だった、姉の死をのぞいては。十分に建て直すことはできたと思う。父が望んでいた家族再生の努力もせずに私は生きてきた。

過去を遡ることはできないが、可能ならば、時間を巻き戻してほしいと願った。もう一度、生き直したいと思った。自分の愚かさに気づかずにのうのうと生きてきたツケが重い足枷《あしかせ》となっていたのかもしれない、私はしばらくその場から動くことができなかった。私は棒立ちになったまま、落涙した。

東京へ戻ってからの私は理由のわからない不全感を体に抱えて落ち着かない日々を過ごしていた。一日一日が長く、何をすべき日だったのか、何をした日なのか、輪郭も手応えもない日が続いていた。

その日、私は若い医師の口許を見ていた。彼はカルテの書き込みを終えてから私のほうに向き直ったが、直ぐには口を開かず、頭の中で何かを反芻しているかのように、しばらく間をおいて話し出した。視線は私の眼を捉えていたが、もはや私に彼の言葉は届かなかった。だから私は彼の口の動きだけが記憶に残っている。

彼は話し終え、私は「はい」と答えた。彼の言葉は私の予期していたフレーズだったからだ。それは、最悪の宣告でもあった。今と同じように姉も治る見込みがないという言葉を聞いたに違いない。私もまた、父と同じ病名を告げられ手の施しようがないと宣告されたのである。私はそのとき姉の気持ちに自分を重ねてぼんやり窓の外を見ていた。眼がチカチカした。

三階の診察室から都心のスクランブル交差点が見えた。道幅三十メートルほどもある交差点だった。その交差点を渡ろうとしている自分の背中が見えた。交差点を斜めに横切るつもりだった。私は信号が青に変わるのを見届けて歩き出す。対角線上の道路からも人が動き出したのがわかった。

しかし、数メートル進んだところで立ち止まってしまった。いや、脚がすくんで前に進めなくなったのだ。こちらに向かってくる人の群れに脅威を感じたのである。周りを見ると、こちら側から渡ろうとしているのは、私ひとりだった。たった一人なのだ。人の群れは次第に膨張しながら山が動くように無言でこちらに向かってくる。その巨大な山塊に押しつぶされてしまうのではないかという恐怖があった。私が何かとんでもない間違いを犯して糾弾されているのではないかと思った。

もう逃れられない。最後の最期まで諦めないようにしようと自分を励ましたが、彼らに背中を見せればそれでお終いになるような気がした。もう、お陀仏だと思った。死は淋しいものだろうと想像していたが、押し潰されてもがき苦しみ息絶えている自分の遺体を想像するよりも、群集の中で私だけがひとり取り残されている淋しさがこたえた。

「入院の手続きをとりましょう」

医師はそういって、椅子を回転させながら看護師の方を振り返った。椅子がキューと鳴り、少し間があった。姉が最期の時を過ごした病室を思い浮かべた。ベランダから見える風景に姉は生の悲しさを見ていたのかもしれない。

「待ってください」

私は初めて自分の意志を伝えた。

「快復の見込みがなければ、少しの間でも、マンションの自室で暮らしたいのですが」

医師の口許が歪むように少し動いた。

私は診察室を出て大股で病院のロビーを横切った。長椅子に座っているスキンヘッドの男が大あくびをしたのが見えた。顔全体が口に隠れてしまうほどの大あくびだ。どうしたらあんなにのどかなあくびをすることが出来るのだろう。その時の私はこの世に見放されたような、現実世界の裏切りにあったような感覚を味わっていた。その男の存在が普通なのに、私には我慢ならない光景に見えた。男は口を閉じる瞬間、剝き出しになった歯が見えた。上の犬歯が異常に長かった。

逃げるように病院を出て、郊外に向かう電車の最後尾の車両に飛び乗った。扉が閉まる瞬間にフライドチキンのにおいがした。香料をまぶして鶏肉を蒸した温かなにおいがつんと私の鼻を射た。幼児を連れた母親が思い立って帰りに買ってきたのだろう。もうすぐ幼児の口の中がフライドチキンでいっぱいになるに違いない。

その時私は、初めて発見したように、これが生きていることの素朴な姿なのだと思った。匂いや味や、音や光を感じて細胞を開こうとする。生きていることは、五感が喜ぶことそのものではないか。ときには不快を感じて感覚の扉を閉ざそうとすることもあるが、今も私の輪郭を形づくっている無数の細胞が私の知らないところで騒いでいる。恐怖に慄きながら五感が何かを欲しているような気がする。

扉のすぐそばに臀部を誇張して立っている女性が目にとまった。短めのスカートに形のいい脚裏を窪ませて私の反対側の窓を向いて吊革に掴まっている。ヒールの高い靴を履いている。脚が疲れるのか、ときどき体重を左右のどちらかに移し換えるが、そのたびにお尻の厚い肉がスカートの内側で平行移動する様子が艶めかしくみえた。私にもまだ性への欲求が蠢いていたのだろうか。五感が私の意識を押し出すように、いつの間にかそのお尻に囚われてしまっていた。

どんな表情の女なのだろう、どんな来歴を背負いどこから来てどこへいくのだろう。鏡になった窓ガラスに顔が映るかもしれないと思い、注意してみていたが、角度が悪くて見えなかった。車内アナウンスが次の停車駅を告げた。次駅はＪＲと私鉄が交わる主要な乗換駅で、反対側のドアが開くことになっている。その女性が乗り換える可能性があった。私はその女性の顔に注目しながら電車が停車するのを待った。そして数十秒後、こちらを振り返った。私は思わずのけぞった。女性の顔は、あの無人駅で私たちを抱きしめてくれた、若き日の母の顔に似ている、そう錯覚した。

五感の動きは生きているからこそ無意識にできる行為なのだ。しかし、私は間もなくすべての快感から遠ざかる。すべての五感が機能を停止する。今になって淋しさは募るが、この淋しさはいったいどこから湧いてくるのだろう。やがてここに居なくなることが分かっているからなのだろうか。この場所、この時、懐かしい人々の笑顔、幼い頃の姉の手のぬくもりと樹脂の匂いのする父の厳つい手の感触、石狩川の鉄橋を渡っている電車の軋み音、朽ちようとしている故郷の廃屋、礼拝堂の時の鉦、慣れ親しんだあらゆるものから遠ざけられる自分への憐憫なのだろうか。

こうしているこの時間の向こうに、私のあずかり知らない時間がある。どんなに望んでももう関わることのできない時間がある。それが私の死だ。私は急いで電車を降り歩き出す。歩きながら母の顔を思い浮かべた。久しく思い出すこともなかったのに。父に臀部を打擲され、薄明りの向こうからこちら側に向き直ったところだった。

だが、その母の表情のない顔や目の奥から発せられる視線の温かさも冷たさも私には届かなかった。私たちを捨てた母は、いつも障子に映った影絵のような存在だったと思う。近くにいて輪郭は確認できるが、決してこちら側にくることはなかった。決して手に触れることはできなかった。あの無人駅で感じた母の温かさを呼び覚ますことは二度とできなかったのである。

——無理でしょうか。

——眠ったようにみえますが、脳幹はまだ生きています。ですが応答はできません。

医師と役所の立花が声をひそめて話をしている。

——今夜がヤマ、といってもあと数時間しかありませんが。

私のすべてが消滅するのは時間の問題らしい。いや、私は大丈夫だ。意識も記憶も、まだある。感覚のない自分の身体を意識で捉えることはできなかったが、実際に排泄物も確認されたという。身体は麻酔をかけられた状態と同じことで、麻酔が解ければ眼窩が開き、口も利けるようになるのだろうか。自死を決めた男が、死の最終宣告をしようとしている男たちに抗おうとしている。そういう自分が滑稽だった。

——問題は……。

立花が言いよどんだ。二人の会話が一瞬途絶えた。足音が止まる。立花の説明を医師が引き取って聞き返した。

――遺体を引き取りに来られる人がいない場合、ということですね？

――そうです。

――その場合はどうなりますか？

――言いにくいのですが、墓地埋葬法第九条により行旅死亡人として、十日以内に役所が火葬することになります。

　会話の節々から時間が経過していく様子が伝わってくると同時に、目もくらむような過酷な現実を知らされることになった。死それ自体を覚悟していても、肉体は枯葉のように廃棄処理される、その現実の恐さに怯えた。業火の中に抛り込まれる自分を想像して怯えた。周りのことを知覚できる意識が私を悲しませた。意識を失ったままで死を迎えるほうがどんなに気が楽だったか。マンションの十一階から飛び降りた瞬間に意識を喪い、そのまま昇天していたほうがどんなに楽だったかと考えてしまうのだ。

　生きるということは自分の小さな脳の中で始まり脳の中で終わっていくに過ぎないのではないか。生きていること自体が個々の脳の中の微細な動きに過ぎず、見方によっては生きていることが虚構であるのかもしれない。結局のところ死によってゼロにリセットされるのだから。だが、幸か不幸か私はまだ生きている。たぶん外形的には眠った状態で生きている。しかし、そんな状態で生きていることに意味があるのだろうか。命は小鳥が次の瞬きする間に尽きてしまうかもしれない。そう考えると、今また今を生き継いでいる意味がわからなくなるのである。

戸板に乗せられて行く自分の遺体を中空から見ている青年を描いた絵を、子どもの頃に漫画雑誌の中に見つけたことがある。粗末な戸板を四人の男が持ち上げて墓場へ通じる田舎道を歩いているポンチ絵で、それを見ている青年の背中から「そうか、おれは死んだのか」という台詞が吹き出していた。遠景に低い山並みが見え、鳥が飛び交っている。その絵にショックを受けて何度も私は見返した。

自分の身体を中空から見ているように、集中治療室のベッドの上にいるだろう自分を想像した。首筋や腕や胸のあたりから医療用の細い管があちこちに這い出しており、ベッドの周りにある計器に繋がれている。アームのような金属製の機械が幾つもベッド脇に迫り出している。モニター画面がひっきりなしに図形を描いている。

私の顔半分は酸素マスクで覆われ、そのマスクの下方からじりじりと髭が伸びている。時おり私の側にやって来る野太い声の医師や若い女医または看護師、そして立花という役所の職員を私は斜め上から見ている。頭のてっぺんが薄くなり地肌がむき出しになっているだろう年配の医師、立花はきっと首筋のあたりに汗をかいている。

この部屋に浮遊している私の意識が、どうしてもそれをとらえてしまうのだ。そして、彼ら以外に私の側にやって来る人物はいなかった。彼らが部屋から出て行った後は計器の音が正確に大きく聞こえてきた。それらの音は紛れもなく私に残された命を刻んでいる。

帰るはずのない母の帰りを待っていた頃、何度か深い雪原の叫びを聞いた。真冬のよく晴れた日の夕方、戸外で耳を澄ませていると聞こえてきた。一つ一つの雪の結晶が迫り来る酷寒の闇に身を引き締めていく音だった。その音は幼い私の裡なる叫びと共鳴した。

ある年の夏、蛍を鳥かごに入れて飼おうとした。当時は窓を開けるだけで蛍が部屋の中にいくらでも飛び込んできた。夕方、手際よく十匹ほど捕まえて虫かごに入れて部屋のなかに吊るしておいたのだが、翌朝起きると全ての蛍が死んでいた。その時私は声が出せず虫かごから蛍を出してやることもできなかった。姉に声を掛けられるまで茫々と立ちすくんでいた。時間が止まってしまうという意識はそういうことなのかと、大人になってから知った。

その頃の私は、いま目に見えているものは永遠に続くものだと考えていた。母の帰りを待っていた故郷の家も身近な人々との関係も変わらずにそこに存在するものだと思っていたのである。あの廃屋で貧しくとも温かく触れ合った人たちと過ごした幼き頃の日々があった。そして母が失跡し姉が亡くなってからの長い時間を経て、今私はここにいる。これまで冒険こそしなかったが、餓えて死にそうになったこともあるし、成就できない恋に苦しんだこともあった。気の合わない奴とは喧嘩別れもしたが、ときどき酒を酌み交わしながら悩みにならない悩みを言い合える友人もいた。長い間の、そうした時間を背後に曳いていま私はここにいる。人の生き死にを見届けてここにいる。しかし、ただそれだけのことだったのだろうか。

活動期を過ぎてから、ゆっくりと人生を振り返る時間があると私は考えていた。今の私はそうした時間を自らそげ落したのである。姉のように死期を感じながらその瞬間を、一滴一滴と滴り落ちていく命の最期の一滴までを見つめる勇気はなかった。私は死の苦しみを味わうが、その苦しみは地面に激突した瞬間だけだろう、振り返る時間がないだけにストレスを感じることもなくじわじわと苦しむこともないに違いない、そう思っていた。

姉は生きている自分の身体を撫でるようにその生を冷静に確認し、死に向き合って死んでいった。姉と最期の別れをした時の虚しさが、錆びた鉄屑のように心の片隅にうずくまっていた。生きていることの悲しさとでもいうのだろうか。

これまで、死ぬということを、考えたことがあっただろうか。自分の死ぬ場面を現実のこととして想像したことがあっただろうかと考えた。幼くして母に捨てられ、半年前には父を見送った。そして今、私は自分の死に直面している。すでに私の死の床が隣室に敷かれている。あとはドアを開ければよいだけだ。私には見ることのできない遺体がそこに横たわっている。六十余年の生涯を終えた男の死に顔があり、思い出や苦痛がいっぱいに詰まった静謐な遺体が横たわっている。もし見ることができたとしたら、私は私の遺体に涙するだろうか。遺体の傍にひざまずいて、身勝手に自死した自分に詫びるだろう。

生きている甲斐があると思える生き方をしてきただろうかと反芻した。生きていることに恥じない自分を生きてきただろうか。たとえば、二十代のはじめに、私はどんな若者だったのだろうか、と思い出そうとした。何を食っていたのか、どんな目つきで街を歩いていたのか、どんな音楽を聴いていたのか。自分の顔や服装のことなら当時の写真を見ればわかることだが、自分の心の軌跡がもう想いだせない。私は歳をとりすぎてしまったのだろうか。

医師に命の宣告を受けてしばらくたってから、私は自分を探して街をほっつき歩いた時期があった。若かった頃の自分に似た若者が必ずいるはずだと信じ込んでいた。池袋の薄暗くなったガード下でその若者を見つけたのは一ヶ月ほど前のことだった。私はその若者の前に立ちはだかり、意気込んで声を掛けた。

「あなたは、もしかしたら私かもしれない」

彼は一瞬ひるみ、後ずさりした。

「なん、なんだ」

「以前、赤羽の印刷工場にいたでしょう」

赤羽の印刷工場は、最初に仕事をさせてもらった職場だった。いつもインクとシンナーと工業用接着剤のにおいがしていた。

「何を言ってやがるんだ、こいつは」

「ほら、二階の加工第二課に」

「頭が、おかしいんじゃないの」

男の着ているジャンパーからシンナーのにおいが立っていた。

「あなたは、間違いなく私だ」

「オラ、向こうへ行けって言ってんだろうがぁ」

言いながら男は色なして眼の中に憎悪の光を放った。が、私はその男の眼から視線を外さずにいた。次の瞬間、男の右手が私の顔をめがけて飛んできた。私はとっさに顔を右に傾けてかわそうとしたが、男のこぶしは私の左下顎に当たった。私はコンクリートの歩道に倒れ込みうずくまった。

「このオヤジ、壊れちゃってるよ」

男の声が聞こえ背中に衝撃が走った。背中を足蹴にされたのだ。

「最近、この手のオヤジが多いんだよな」

男はそう言い放って立ち去った。私はよろよろと起き上がった。ひび割れたコンクリートの地面が斜めに切り取られている。私はすでに壊れちまったのかもしれない。どんなに探しても私以外の私はどこにもいやしないのだ。

夕方のラッシュアワーが懐かしくてその時間帯のターミナル駅に行ったこともあった。誰もが目的をもって電車に乗ろうとしている、あの疎ましい超満員の電車に。蠢く人間の間で神経も脳細胞も揉みくちゃにされて生きている。人は場所で生きるのではなく時間の中で生きる生き物だと思う。人と人の間に在ることの煩わしさと、人の間に居ないことの淋しさを、同時に味わいながら生きている。身体的に揉みくちゃになるくらいは何でもないことに思えるのだ。

故郷の町で過ごした時期に乗り降りした駅は無人駅だった。プラットホームには終日ほとんど人影がない。時には一人で乗り、下りる時も一人で駅舎を背にすることがあった。初秋の夕暮れ時などに鈴虫に泣かれると無性に悲しくなったものだ。もしターミナル駅の片隅で独り佇む初老の男を見かけたら声を掛けて欲しい。それが私だ。

私は絶望してしまったのだろうか。いや、絶望するほど現実世界に執着して生きてきたとは言い難い。社会に弾かれて生きる場所がなくなったわけでもない。人間関係だって濃密だったとは言い難い。父に対しても、遠くからではあるが、息子としての思いやりを持って接してきたわけではなかった。淋しがりやの父の気持ちを分かっていながら捨て置いたこともしばしばあった。

働き盛りの頃などは年に一度帰郷すれば上出来で、めったに電話もせず、父からの手紙にも返事を書かずに放っておいたことも何度かあった。今となってはもう父に詫びようもないが、現実世界に執着して生きている人間であれば、そんな過去の自分を許せなくなるのではないか。

たしかに私は医師の余命宣告に打ちのめされて動揺した。大腸がんは父からの遺伝かもしれないが、私の怠慢な生き方が取り返しのできない結果をもたらしたのだ。進行も速かったが、それよりも気付くのが遅かった。還暦を過ぎた男の身から出た錆としか言いようがない。一時期自分を見失い、取り乱したこともあった。しかし、それが自死の引き金になったわけではない。

治る見込みがないと言われても、最初の頃はジタバタせずに残りの時間を生きようとしていた。冷静に病を受け止め、全てを運命として受け容れようとしていたのである。だが、一日一日と死期が迫ってくると、次第に自分を抑えられなくなり、自分が自分からはみ出していくのを黙ってみているほど自分に寛容ではなかったのだ。

むしろ引き金になったのは、父の遺体の傍らで、生物としての死は避けられないと、改めて認識させられたからだった。父も自分も同じ生き物としての運命を背負っているという逃れられない事実が、あのとき腑に落ちてしまったからなのかもしれない。病や不可抗力な事故や事件に巻き込まれた死であっても、自然死であっても、生きている以上、死は必ず全ての人びとの頭上にやって来る、

女性の声がした。例のなりたての若い女医か看護師だ。

——血圧がやや、上向いてきました。

――そうか。

年配の医師の声。

――この過酷な状態で生きていることが奇跡というほかないなあ。

――そう思います。

――そもそも即死しなかったことが奇跡というべきだろう。

――そう思います。マンションの管理人の話ですと、軽自動車の屋根に落ちてバウンドして隣の車の屋根に落ちたらしいですよ。

――それにしても、よほど心臓が丈夫なようだ。

――そう思います。

――しかし、運がいいと言うべきか、悪いと言うべきか。

少しの沈黙のあと、男の野太い声。

――脳波は?

――比較的活発に動いています。

――そうか。

少し間があり、二人とも動き出した気配がした。

――身寄りがない、といったね。

――はい、そのようです。

急に押し殺した女性の声。

――ドナー、ということでしょうか？

医師の応答がない。考えているか頷いている構図だろうか。

――ほかの臓器も調べてみましょうか。

靴音とともに二人の声が遠ざかって行く。

――しかし、カードはもっていないだろう。

――そう思います。持っていれば、それこそ奇跡に等しいでしょう。

なるほど、私を必要とする人がどこかにいるのかもしれない。

正確に言うと「私を」ではなく「私の」である。今ここで思考して存在している私ではなく、私の生き物としての肉体の価値なのだ。私を否定して、私の肉体の一部である臓器を認めようとする、部品として誰かの役に立てようとしているわけだ。

あいにくドナーカードは持っていないが、一度は捨てた命である。意識を持ちながら劫火に焼き尽くされるより、まだましなのかもしれない。この世の誰かの役に立つなら、そういう選択肢も、ない訳ではない。歯切れは悪くなるが、いきなり決断するのはやはり厳しい。意識があるだけに、究極の判断に迫られもするし、悩まなければならなくなる。

そもそも人間は不意に襲われた死の際で、自分の命に優先して人の命を救うことができるのだろうか。自分を誤魔化さずに言うと、私にはできそうもない。私は自分の命を誰よりも優先するだろう。たぶん一本しかない命綱であれば大勢の人と争ってその命綱を掴みに行くと思う。窮極ではいがみ合い罵り合い、卑怯なやり口を使ってでも力ずくで命綱を奪いに行くのではないか。人間が獣に戻る瞬間がある。本能に根差した行動として命綱の奪い合いは、意識するかしないかは別として日常的に起こっているのではないか。

しかし、自らを犠牲にして他者の命を救って死んで行った人は存在する。数千人の命を救った例は歴史の教科書でも学んだこともあるが、見ず知らずの人を救って死んで行った人も確実にいる。多くは地方紙の片隅に埋もれてやがて忘れ去られるが、まぎれのない事実として人々の心に刻まれるに違いない。

今の私なら他人の命を優先することができそうだ。もうすぐ死地に行く人間である今の私だからできるのである。未来を語ることはできても、その通りに歩くことはできないが、私には失うものもなく未来を語る時間もない。あるとすれば役に立つかどうかわからない臓器だけだろう。既に知覚できない肉体を切り刻まれても苦痛は感じないだろうが、ドナーとして臓器を提供することになれば、今こうして意識を持って思考している自分も完全に消滅する。他の人には判りにくいが、たしかな意識があり、肉体も動いている。臓器を取り出す手術は、意識をもった人間を殺戮することになりはしないだろうか。

だが、私の肉体もやがて沈黙するときが来る、もうすぐやって来るだろう。その時に私の存在も消滅する。完全消滅だ。ところが意識だけが消滅し、肉体が機能している場合に臓器提供すれば、誰かの命として生きることにもなるわけだから、完全消滅ではない。その場合も私の命ではない、特定できる誰かの命を繋ぐ部品として生きるわけだ。

それよりも今大事なのは、一刻も早く臓器を提供するかどうかの決断をすることだろう。こうしている間にも、全身の細胞が次々に死滅し、臓器は縮み機能は劣化していく。活動を継続できなくなったときは臓器の提供を諦めるしかない。私の死が一人の人間の命を長らえることが出来るかできないか、臓器の継承者が日本人であろうが地球の裏側で生きている人間であろうが構わない。一つの命に変わりはない。ドナーカードがあろうがなかろうが、構わない。事は一刻を争う事態なのだ。

もし、移植が成功したとして、私はどんな人の命とつながるのだろう、男なのか女なのか、若いのか年老いているのか、王のように人々の上に君臨する人物なのか、何時かモンテビデオの田舎で見た、炎天下でレンガ積みをして糊口をしのいでいた少年なのか。いずれであっても私の臓器は別な人生を歩むことになるわけだ。何故か想像するだけで楽しくなる。人生の最後の最期で、自分を捨てた人間が誰かの役に立つことになると思うと、誇らしささえ感じる。

私が救急車で運ばれたのは土曜日、礼拝堂の鐘が鳴っていたから夕暮れに少し間がある頃だった。たった今ここに横たえられた気もするが、もう何日も経ったような気もしている。医師の野太い声にも馴れ、新米女医または看護師の口癖にも馴染んできた。何よりもあの北国訛りの立花の声は私の緊張感を和らげてくれたと思う。もう少しここにいたい気分もあるが、事は緊急を要するに違いない。

　臓器の劣化は細胞単位でものすごいスピードで進んでいるのだろう。私の臓器が人の役に立つか立たないかは時間との競争になる。やがて私の意識が遠のき脳波の動きも停止する。その時に臓器が機能していれば、私自身は雲散霧消するだろうが、一人の人間を救うことが出来るかもしれない。

　いや、待てよ。身寄りのない人間といえども、何の手続きもなしに肉体を切り刻むことが許されるのだろうか。ドナーカードもさることながら、やはり法的に越えなければならないハードルがあるに違いない。身内がいる場合でも、本人の希望に反して身内が反対すれば、執刀はゆるされないのではないか。その前に、私が臓器提供を希望したとしても、それを医師たちにどうやって申し出ればよいのだろう。声も目も手足もすべてが氷の中に閉じ込められたように機能しない状態で、伝えることは、できないではないか。どうやって自分の意思を伝えるのだ。

　この状況で私が考えてもどうにもならないことだが、迂闊だった。頭の中が空っぽの滑稽さだ。この期に及んでも一人の人間の命を救うこともできないのか。棺桶に足を入れた状態で、自分が死んだ後のことまでは考えなくてよいと思うのだが、誰かの役に立って死にたいという思いに芽生えたのだ。私としてはその思いを成就させたい。運不運はどこまでも付きまとうものだろうし、成功したかどうかまでは見届けることはできないが、私の心の中で完結するに違いない。それも生きている間のことにすぎないのだが。

そもそも、生きている間だけが人生なのだろうか。たしかに十一階の踊り場から手すりを超えて飛んだ瞬間まではそう考えていた。生も死も、すべてが自分の中だけで始まり終わるのではないか。この世に生まれ出るときの選択は自分ではできないが、死は自分の意志で選びとり実行することが出来る。そして、自分が消滅した後の世界は自分の与り知らない世界にすぎないのだろう。

だが、そう言い切れるだろうか。死は人生の大事件に違いなかったが、私が死ぬことは、はたして私にとっての大事件だろうか。死の直後に死は私からも切り離されるはずである。もはや死は私の事件ではなく、私と関った人たちの事件に取って代わられるだろう。死にゆく者の意識は、すべての機能を閉じ、闇に身を沈めて黙するだけでよいかもしれない。またその死体は生物の側から鉱物の世界に移行するだけだ。しかし、遺された周囲の者たちは死地に行った者の全生涯をなぞって喜怒哀楽の情を波立たせ、死者が確かにこの世に存在したことを心に刻むだろう。

そして、私が死んだ後でも風景や日常は続いていく。ただし永遠にこの日常が続くとは限らないし、そんなことは誰も知らない。ただ死が誰にも等しくやってくるということは大概の人は知っている。そう考えると自分の死だけを取り出して悲しむことはないと思うのだが、死ぬことを考える時間が残されたことの悲しみが私の脳に沁みてきた。

心身ともに元気なうちは、自分が死ぬことなど意識していなかったと思う。死に対して無頓着だった。命はつねに日常と一緒に、当たり前にあり、その先も続いていくことを疑わなかった。むしろ日常が日常であることに飽いて地球の裏側に移動しても、同じ日常が犬のように道々に寝そべっているだけだった。

子どもの頃、戦場で死んで行った叔父たちの死は壁に掲げられた肖像画以上でも以下でもなかったと思う。しばらくたってから、遊んでくれた叔父が永遠に帰ってこないという事実に直面して死の意味がわかるのである。死は、絶対に復元できない永遠の別離であることを身に沁みて知ることになるのである。

死を恐れるのは淋しさからだろうか。ある時期を一緒に生きた人々、父や姉、この世で馴染んだ食べ物やちょっとした出来事、それからどう生きればよいのか分からない時期に出会い、今はぼろぼろになった文庫本。そして身を引締めて行く雪原の叫び、あらゆるものからの別離があり、まったく一人になることの寂しさから、私は死を恐れていたのではなかったか。神は人と人を出会わせて、何年かを一緒に過ごさせ、絆が深くなって別れ難くなったところで、死によってそれぞれを引き離す。神はなんと残酷なのだろう。

だが、地球上に生命が存する限りは死んだ後も生きていた時分と同じ意味をもってその人の人生があるのではないか。死をもって人生の終焉と考えるならば、生きているあいだの時間に潤いも希望もなくなり、干からびた生き物が地球上をうろつき回っているにすぎなくなる。生きてある間も死後も、私が存在したことを認めてくれる人がいるならば、こんな状態の私にも新たに生きる力が湧いてくるような気がするのだ。

第二手術室で手術を受けているゲンイチロウ少年はどうなったのだろう。一命をとりとめたのか、それとも顔に白布を掛けられて沈黙してしまったのか。彼も生きている世界に希望を持てなくなったのだ。私のように肉体が蝕まれていくわけではない少年を蝕んだのは、誰にも救いを求めることすらできなかった孤立感だったろう。世間にも自分にも絶望したからではないか。

孤独は何とか耐えられても孤立は耐え難いものだ。四方に屹立している壁のどの壁にも触れられない精神的な苦痛、もどかしさや寂しさ、不安や厭世感に蝕まれていく。真っ暗な部屋に閉じ込められ鎖で繋がれた囚人のように、少年は精神的なダメージを受ける拷問にあっていたのだ。その拷問から自分を解放する為に自死の道を選んだのだ。淋しく辛い、何よりも悔しかったに違いない。

ゲンイチロウ少年が横たわる手術台にいま光は射しているだろうか。生か死か、薄れていく意識の中で自分の最期を見つめているのだろうか。それとも、自分をこの世に送り出してくれた母に心の中で詫びているだろうか。母親は自分にとっての根っこであるはずだ。

好むと好まざるとにかかわらず、この世で自分を抱擁しその存在を一番に認めてくれるのが母親なのだ。

ゲンイチロウ君よ。キミの母はどんな形にせよ、キミが甦ることを願っている。脚が折れていようが、腕がなかろうが、命があることを祈っている。私も祈っている。残念ながら臓器を提供することはできないが、生き延びてほしい。生きて、その目でもう一度明日の光を浴びてほしい。生きている世界をもう一度見直してほしい。再び生きることをキミの母に報告して欲しい。母はキミがこの世に存在する事を決定してくれたキミの命の根っこなのだから。

私の母が父を裏切り子どもや世間を捨ててかつての恋人の胸に飛び込んだのはなぜなのか、私にわかるはずはなかったが、今では父にも私たちにも愛情がなかったからではないと信じている。戦争に振り回されたことへのやり場のない気持ちだったのかもしれない。もしあの小学校教師が戦争末期に第七師団に入隊させられなければ、千島列島に行かなければ、ソ連軍の侵攻を受けなければ、いや戦争そのものがなければ、私も姉もこの世に存在せず、地球の片隅で全く違った生命連鎖が展開されていたことになる。しかし、結果としてそうならなかった。

母は私たちを捨てたかもしれない。しかし、ちょっとした運命の悪戯から、この地球上で母によってもたらされた幾十年間という私たちの生きた時間は何ものにも代え難いと思う。こんな風にしか生きられなかった息子だが、母からいただいたせっかくの命を自ら閉じてしまう情けない男だが、あなたのおかげでこの世に存在できたことを、今あらためて感謝したいと思う。いつの日か私の自死を知った時、ともに生活した幼き日の短かった時間のことを、柔らかな体を抱きしめてくれた乳児の頃の私を思い出してほしい。あの頃の母のにおいをもう一度再現して欲しい。私はやはり母に会うべきだった。あの時も、こうなる前にも。母の前に名乗り出て、お互いの生き様を確かめ合うべきだったのだ。お互いに失った時間について語り合うべきだったのだ。

もう一度生きて母に会うべきではないだろうか。母に会って六十余年前の時間を呼び戻すことはできないだろうか。あの無人駅で涙を隠しながら私たちを抱きしめてくれた母の温かく柔らかな胸の感触を甦らせて欲しい。喪服を着て駅の階段を下りてきた母に駆け寄って抱きしめることもできたはずだ。女の子を送り出していた母、病院のリネン室に向かう廊下でも可能だった。いつか姉がそうしたように、私は老いた母を抱きしめて号泣するかもしれない。死ぬのはそのあとでも遅くはないだろう。

旋律が聞こえる。旋律は低くゆっくりとティンパニーを打ちながら、次第に力強く高まり近づいてくる。その旋律に集中していると身体の奥のほうから力が全身に満ちてくるように感じられた。何か希望が湧いてくるように思えた。

私は最後の力を振り絞るようにして、じっと意識を集中させた。そして一気に、自分を天空に解放するように力いっぱい声を張り上げた。その時すぐに市役所の立花の声が返ってきた。語尾を放り投げるような北国の訛りに私は親しみを感じた。

死者の消息

葬儀ホールの中に柔らかな音楽が流れている。むかし流行った歌手の持ち歌の一つのようだが、題名は思い出せない。前妻の多津子はこの歌手のメロディーを聞きながら冥土へ旅立つのか。娘の恵李子が私に気がつき、思ったより力強い足取りで近づいてきた。気を落とすな、そう言おうと待っていたが、その必要はなさそうだった。娘から少し目を逸らし命が尽きるときの多津子の様子を聞いた。

多津子の生きた歳月の中身が気になってもいた。離婚してからの多津子はどう生きたのか、娘を育てながらどんな人生を歩んできたのか。だが、久しぶりに見る娘の顔の輪郭が前妻に似てきていることに気がついた。思考がざらつき、言葉が空転した。

娘は中学生になった頃から私と会う機会が激減し、会っても母のことについては多くを語ろうとしなかった。高校卒業後は母からも逃げるようにしてイギリスの全寮制のカレッジに入り、私はひたすら学費を送り続けていた。時折舞い込む絵葉書やクリスマスカードに書かれた数行の近況報告が、娘の唯一の生存情報でもあった。私の送金に対する儀礼のようなものだったろうか。

「苦しむだけ、苦しんで、逝きました」

娘は少し間を置くように窓のほうに目を向けた。窓際に色づいた落葉高木が葉を落とした姿で落武者のように超然と立っている。

「明け方には力が尽きたようで、最後は」

「そうか、もうわかった」

娘の言葉を遮った。最後は眠るように、とでも言おうとしたのだろうか。言葉が娘の口の中で溶け出した。半年以上も前、イギリスにいるはずの娘から「いま帰国しました」という伝言が携帯電話に入っていた。急いで電話を掛けなおしたが、通じない。続けてメールも打ったが返事がない。数日たってから、ふいに娘から電話があった。

――今、病院の門の前にいるんだけど。

――一体、どうしたのだ。どこの病院だ。

県立医療センターの前からだという。私は娘のとっぴな電話に驚いていた。少し声を荒らげていたと思う。

――ほら、お父さんはすぐに怒るから。

娘は、離婚原因が私の怒りっぽさにもあったと思っていた時期があった。お父さんの癇癪がお母さんのストレスになっていたと思うのよと娘に言われたことがある。離婚したときには反省もしたが、確かに声を荒らげてしまう私の性癖は直っていない。しかし、大病院の前から電話をしていると言われたら、ただ事ではないと考えるのが普通だ。娘の身辺に重大な異変があったのではないかと、驚かずにはいられなかった。

――お母さんが手術を終えたところなの。

末期の結腸癌だという。手術の承諾書に身内の同意と署名が必要だった。急遽イギリスにいた娘がよばれたらしい。身内はもう娘だけになっていた。北国に住んでいた両親も一昨年の初めに相次いで亡くなり今は母方の従姉が関西に一人いるだけだった。多津子と一緒に生活してきた男性がいると十年程前に娘から聞いたことがあるが、籍は入っていなかったようだ。多津子は私と結婚した時の姓をそのまま名乗って生きていた。

——手術そのものは一応成功したんだけど。

——一応、とはどういう意味だ?

がん細胞は脊髄の一部を浸潤しており六時間かけて手術しても完全な切除は不可能だった。余命半年、いや半年の保証はとてもできないと医師に宣告されていた。

——それでね。お父さんには知らせないでほしいとお母さんから言われていたのよ。ごめんなさい。

その日から七ヶ月余りが過ぎている。季節は晩秋から初冬に向かっていた。娘からの久しぶりの電話は前妻の死を知らせるものだった。その日の夜明け前のことだ。受話器を置いた後でも受話器の向こうから娘の息遣いが聞こえていた。娘も母の死を一人で受け止めるのは辛かったのだろうと思う。誰かに伝えて辛さを分かち合いたかったに違いない。それはやはり、私であるべきだった。

弔問客が次第に増えてきていた。喪服が黒い塊となってホールの中を渦巻くように流れており、濃い目のサングラスをかけて白杖をもった人が何人もいた。人垣の間から私の方に視線を走らせている会葬者に気がついた。多津子の友人の小倉綾子だった。傍らに二人の子ども達もいる。既に二人とも中年にさしかかっている。我々がカピタンと呼んできた夫の捷二郎もいる。何年ぶりだろうか。多津子と別れてあまり時間がたっていない時期だったからもう二十五年は経っているはずだ。

カピタン一家とは家族のように親しくしていた時期があった。私とカピタンが大学時代からの友人だったことからお互いの新婚家庭を頻繁に行き来して過ごした。しかし私たちが離婚してからは音信も途絶え、それぞれの人生を生きていた。この空白期間は互いの消息を共通の友人から聞く程度だった。

カピタンは筋肉質の均整のとれた体つきをしており、スポーツ万能の人だった。われわれの仲間うちで結成していた草野球チームの四番バッターであり、頼りがいのあるキャプテンだった。チームメイトはいつも親しみをこめてポルトガル語読みのカピタンと呼んでいた。呼び始めたのは私だった。

カピタンが後ろ向きに立っており、私に気がついて右手を軽く上げた。頭髪が白く薄くなったくらいでまだ体の線が崩れていないように見えた。当時のカピタンの面影が色濃く残っている。ハンカチで目頭を押さえた弔問客が何人も私たちの傍を通り、彼との間が映画のコマ落ちのように遮られる。

その先に多津子の従姉の顔も見えた。関西から駆けつけてきたのだろう。私と多津子の結婚式で会って以来だった。私は黙礼した。

「俺が、来てよかったのかな？」

私は娘がつけている喪主の徽章をみながら聞いた。娘は少しの間黙ったままだった。娘が何か言うのを待ったが、電話口でも同じように問いかけたことを思い出した。

――それで、通夜と告別式の日取りは決まったの？

――これから葬儀社と打ち合わせるところ。

――線香だけでも上げに行きたいと思っているが、迷惑か？

多津子と一緒に生活している男性がいると聞いていたのでその人に断られるかもしれないと思ったのだ。別れた亭主に棺の前をうろうろされるだけで不快に感じる人もいるに違いない。電話でも返答はなかった。

「お父さん、こっちへ」

私の問いかけに応えない代わりに、娘は私の肘のあたりに手を当てるように歩き出す。すぐ傍からすすり泣くような声が聞こえる。私と娘は多津子の棺の前で足を止めた。上から棺全体に照明が当たっており、多津子の顔が白っぽく浮かんでいる。死者の顔は微笑んでいるように見えた。

死化粧をした多津子の顔は、衝撃だった。最後に会ったのは昭和の終り頃だったと思うが、二十五年余りの歳月を隔てて再会する顔がデスマスクになっているなどとは想定したことがなかった。人は死ぬことがわかっていて生きている動物であることを、もちろん私も承知しているが、肉体がこんなにも脆いものであることを、遺体を目の前に否応なく認めなければならなかった。多津子は既に二五年前から不在だった。不在それ自体が私の現実だったが、遺体はいま私の中で強烈に存在している。

手術後の経過は良好だと娘から聞いていたが、それは術後のわずかな間だけだったようだ。脊髄を浸潤した癌は容赦なく骨の髄を冒して進行し、最後の数ヶ月間は激痛に睡眠すら十分にとれなくなっていたという。昼夜を問わず腰から背中にかけて間歇的に激痛が襲ってくると、付き添っていた娘にも肉体の痛みが伝わっていたに違いない。

穏やかな死に顔の裏に肉体が拷問される地獄絵があったのだ。そんな過酷な苦しみを味わう為に人は生きているのだろうか。娘もまた同じ地獄絵をみてきたのかもしれない。多津子の頬にそっと手を触れてみた。指の腹に冷えた空気が纏わりついた。

多津子の死を報らされたとき、私は受話器を握ったまま明け方の弱い光の中でしばらく呆然としていた。多津子は最期のときをどう迎えたのか、人生をどう決算しようとしていたのだろうか。

多津子とは二十代の後半に北国で知り合い、私の東京勤務を機に恋愛し結婚して十年余りを一緒に暮らした。

　多津子が上京して間もなく、多津子のアパートに行ったことがあった。多津子と深い関係になったその日のことだったのでよく覚えている。副都心のターミナル駅から郊外に延びる私鉄の小さな駅の線路沿いに、そのアパートが建っていた。駅の正面に野菜や果物を売る少し大きめの店があり、裸電球の下で店主が声を張り上げていた。人いきれと熱気が充満していた。私たちはプラムを買い、ビニール袋をぶら下げてその脇の細い路地を並んで歩いた。歩きながら多津子の胸の隆起が私の右上腕に何度か触れた。多津子が暗に私を受け容れたのだと思った。

　外壁の一部が青く塗られており、当時としては洒落たアパートだった。多津子の部屋は東向きの真ん中あたりにあった。いつも電車が轟々と夜中まで走っており、地盤の緩いこの辺りは直接身体で揺れを感じるのだと多津子は何時も言っていた。

　旧盆休みに入った最初の日の夕時だった。二人で見上げた三階の角部屋の東側の窓の一つに明かりが燈ったところだった。多津子の部屋の右隣の部屋には都心にある有名な老舗レストランに勤める若い料理人夫婦が住んでいた。その小柄な奥さんが高級食材の余り物をお裾分けしてくれた場面を思い出す。私たちが廊下を歩いていると、追いかけるようにして私たちの前に立ちはだかりラップに包まれた小鉢をうやうやしく差し出した。

――もうお帰りになる頃だと、思ってぇ。

私の方に視線をすばやく走らせながら語尾を引っ張るような言い方をした。不意を突かれた私は、好奇な閃光を感じて目を逸らせてしまった。たぶん私の顔は、秘密を暴かれた思春期の少年のように驚き、うろたえた形相になっていたのではないか。

——このあいだ、子どもを助けていただいたお礼です。

料理人の二歳半になる男の子が線路に入ろうとしていたことがあった。夕暮れ時の混雑している青果店をのぞいていた母親が買い物に気をとられている僅かな間のことだった。気づいた母親は半狂乱になって駅前の交番に駆け込み、駅員が線路上で発炎筒を何本も焚く騒ぎになった。

その時たまたま駅の反対側から踏み切りを渡り終えようとしていた多津子が、線路をよじ登ろうとしている男の子を見つけて駆け寄り、抱き上げた直後に電車が反対側にすべり込んできた。発炎筒の煙が上がったのはそのあとだったという。際どい間合いの出来事だった。有刺鉄線を手の平で握ったのか、男の子は血を流していた。

料理人夫婦はいたく感激し店に招待したいと何度も言ってきたが、話の文脈からすると、どうやら多津子は遠慮し続けていたようだった。小鉢からあふれるように盛られていた食材がどんなものであったか思い出せないが、多津子はお礼を言いながら買ってきたばかりのプラムを袋ごと隣室の奥さんに押し付けるように渡しそそくさと自室のドアを開けた。

多津子のアパートを訪ねた記憶は一度だけだった。隣室の奥さんのせいではないにしても、あの廊下を歩くのは何となく気が進まなかった。多津子もその後、余り私を自室に誘おうとしなかったからだ。プラムを食べただろう料理人の息子は、線路によじ登ろうとしていたあの時の自分と同じくらいの子どもがいるのかもしれない。

あの日、多津子には少し怯えたところがあった。あと数メートルで、自分たちの関係式に変数が入るのだと考えていたに違いない。答えはわかっていても、その先の数式がどんなかたちに変化していくのか。単に男と女の関係になることに怯えたのではなかっただろう。もしかしたら自分の裡《うち》にある制御不可能な魔性のようなものに怯えていたのかもしれないが、今は誰もそれを確認できない。

私たちはその夜激しく求めあった。遠慮がちに互いの肌をまさぐり合っているうちにギアが入り直したのか、多津子は人が変わったように自らの情動に全身を委ねているようだった。硬いベッドが幾度か鳥が鳴くような軋み音を出した。冷房のない部屋で、お互いの肌が汗で滑りあって、その生々しさがまた二人を夢中にさせたのかもしれない。動物のような生臭さでもあったと思う。隣室の奥さんの好奇な顔がちらついたが、私鉄電車のゆれに吸収されていったような気もする。

私たちは都心にある社宅で結婚生活をスタートさせた。だが、まだ二十代の後半にさしかかった時期で、友人たちと徹夜で遊んでも疲れが重くは溜まらず、仕事は余技でも十分こなせると錯覚していた。日付が変わっても呑み続け、当時はやった歌を口ずさみ、肩を組んで高吟した。

友人が友人を呼び顔と名前が一致しないうちにまたそれぞれの世界に帰っていった。歓楽街に近いマンションだったせいか、終電に乗り遅れたといって深夜に訪れる客人も珍しくなかった。

近くに小さな公園があり私も多津子もよくその公園を横切って帰ることが多かった。呑んだ帰りは冬でも下駄履きスタイルで公園の土を踏みながら歩くのは気持ちが良かった。

その日も私と多津子、それに多津子の友人の顔見知り程度の知り合いの男の三人で、深夜にその公園を横切っていた。多津子自身も一、二度顔を合わせたことがある程度の若い男だった。郊外電車の終電からすでに二時間ほど過ぎていた。彼は私たちの部屋で雑魚寝して翌朝そのまま会社へ行くことにしていた。公園の片隅に申し訳程度の鉄棒とブランコが設えてある。直前まで誰かがブランコに乗っていたのだろうか、ブランコの一つが小さく揺れている。すでに人影はなかった。

「ちょっと涼んで行かない」

そう言ったのは多津子だった。疲れていた私は一刻も早く横になりたい気分だった。しかし二つのブランコにいち早く飛びついて座ったのは多津子とその男だった。所在を無くした私は横にある鉄棒にぶら下がった。身体の力を抜いて、下駄が脱げ落ちたことも気が付かずにしばらくそうしていた。脱力した身体に深夜の冷えた風が横切って行った。

ブランコに乗った多津子とその男の方から笑い声が聞こえる。よくみると、二つのブランコが共振するように同じ振幅で揺れている。私は鉄棒から手を離して地面に下りた。湿気を含んだ砂の冷えた感触が足裏に伝わってきた。

「おぉい、帰ろうぜ」

私は裸足でブランコに近寄りながら言った。二人はブランコを降りて歩き出したが、不意に男の方が鉄棒に飛びつきぶら下がった。それを見た多津子も鉄棒に飛びつき、二人とも私がそうしていたように全身の力を抜いてぶら下がっている。私は一人でブランコを揺らしていた。ときどき二人の方から笑い声が聞こえる。何故かその時、私は多津子にいつもとは違った色気を感じた。

「ああ、気持ちよかった」

多津子はそう言いながら鉄棒から降り男と肩を並べて私の後から公園を横切って来た。

翌朝、私が起きた時にはその男はおらず、多津子の姿も見えなかった。着替えて朝食を食べていると多津子が戻って来た。

「昨夜の彼は、どうしたの」

「もう仕事に行ったわよ」

出勤するにはまだ早い時刻だった。

「公園のところまで送って行ったの。駅へ行く道が分からないと言うから」

多津子は薄っすらと化粧をしている。口紅が濡れて、右下に流れた感じで斑についている。私の気持ちがざらついた。私が男に会ったのは、その時が最初で最後だった。

その時期、私達は何度か危機に合い、失敗もしている。草野球の試合の打ち上げで羽目を外して騒いだあとにカピタンが腸捻転を起こして苦しみ、救急車を呼んで明け方の都心を駆け抜けたことがあった。一命をとりとめて胸を撫で下ろしたが、二週間ほど入院したカピタンは十歳くらい老け込んで見えた。

またある時は泥酔状態で私たちの社宅を深夜に訪ねてきた友人が事件を起こした。彼は路上にある宣伝用の店の幟《のぼり》を何本も私のところに持ち運んで来た。私を驚かそうとしたようだが、かなり酩酊しており、応対に出た多津子が驚いて悲鳴を上げた。旗が風になびいて友人の顔に張り付いていたせいか、多津子には覆面をした男が集団で襲ってきたと思ってしまったのだ。

悲鳴を聞いた住人が廊下に顔を出し、ぞろぞろと集まる。管理人が呼ばれ、追っかけるように警官が駆けつける騒ぎとなった。もっと悪いことに柔道の心得のあるその友人は、事情を聞こうとした若い警官を一本背負いで投げ飛ばしてしまったのである。直後にパトカーが何台も集まり、彼は公務執行妨害で現行犯逮捕されて留置場に勾留される事件となった。

役所勤めだった彼は上司から激しく叱責を受けたばかりではなく早々に地方の出先機関に転勤させられた。私も社宅を遊びの巣窟にしたとして会社に始末書を書かされ、数ヶ月後には辞表を出さざるを得なくなった間抜けな事件だった。

その事件をきっかけにして遊び仲間の交流が次第に間遠になっていった。失業した私は一時生活に困窮し、遊んでいる場合ではなくなったのである。多津子との間が険悪になった時期でもある。事件の一年ほど前から私たちは自分たちの青臭さに薄々と気づいてもいた。誰もがその季節にピリオドを打てずに過ごしていた時期でもあったと思うのだ。

やがて本当の終焉がやってきた。それぞれの家庭に子どもが生まれ、次第に子どもの成長や仕事に生活の重心を移していった。再就職をした私も子どもをもうけて、企業人としての地歩を固めていくことに熱中していった。朝早くに出勤し、帰宅はいつも深夜になった。休日に休むことが珍しく思われる生活が何年も続いた。

娘が幼稚園に入った頃から、多津子は当時流行りだしたカラオケに通うようになり、明け方にアルコールの臭いをさせて帰宅することも少なくなかった。最初の頃は私が家庭をあまり顧みないことへの反発もあったかもしれないと思い、笑って諫める程度だったが、彼女の中に私の気がつかない変化が起こっていたのである。

「お母さんはどうして行かないの」

娘が私の背中におぶさるようにして聞いてくる。旅行バッグに娘の着替えなどを詰めているときだった。その年の暮れから正月の三が日にかけて近県のリゾート旅館で過ごすことになっていた。酷寒の観光地で、温泉もスキー場もあり、近くに屋内遊園地もあるというので、娘は大喜びだった。いつもとは違った環境で正月を過ごすのも悪くはないと私も乗り気になった。三人が受けている傷の中身はそれぞれ違うが、家族ぐるみで何日か過ごせば少しは癒せるのではないかとも考えた。

旅館も新幹線も帰りの長距離バスも全て予約を済ませ、正月の飾りつけは最小限にして、出発の日を心待ちにしていた。しかし、前日の夜になってから多津子は行かないと言い出した。

「どうしてだ、恵李子だって楽しみにしていたのを知っているだろう」

旅行の話を持ち出したのは多津子だった。

「わたしは留守番しているから、恵李子と二人だけで行ってください」

食事が評判の旅館だった。多津子は腕の良い料理人の娘だけあって味感が良く、料理好きだった。その多津子が行ってみたいと以前から目をつけていた割烹旅館である。運よく予約できたと多津子は何時になく明るい表情で喜んでいただけに腑に落ちない。キャンセルは認められないうえに、予約通り料理はテーブルに三人分並ぶだろう。とても食べ切れる量ではない。

「少し、風邪気味だし」

私は多津子の額に手を伸ばそうとした。私の気配を察したのか彼女はさりげなく私の行動をかわしてキッチンに立ち背中を見せた。嘘だと直感したその背中に声を掛けた。

「無理にとは言わないが、少しくらいの熱で娘の楽しみを奪うべきではないと思うなぁ」

「あなたがいれば、充分楽しめるわよ。恵李子はお父さん大好きな子なんだから」

「どうしても、行かないのか」

「今度だけは、無理だと思うわ」

新幹線に乗ったのは私と娘の二人だった。三席並びのシートにぽっかり空いたブルーの余白が強く、私の人生のなかに染みとなってときどき苦く想い出される。

帰りは長距離バスにした。雪景色を楽しみながら旅行の余韻に浸るつもりでいたが、実際はスキー帰りの若者たちと荷物で車内が膨れ上がっていた。テンションが高く、大声で喋るグループがあちこちにおり、恵李子と話すだけでも大声を出さなければならなかった。

恵李子の隣の補助椅子にはスキー客とは明らかに違う服装の若い女性が座っていた。雪国育ちらしく透き通るような色の白さだった。故郷で過ごした正月休みが終わり、たぶん明日は職場の仕事初めの日になるのだろう、箱もの土産を膝の上に積んでいる。私もまた、明日からの目まぐるしい一年が始まるのだ。バスは高速道路に入り、速度を上げている。私はうとうととし始めていた。

「そのお土産は、誰にあげるの？」

若い女性が恵李子に話し掛けている。恵李子は一刀彫りのキーホルダーを手にして眺めていた。その地方独特の人形がついている。恵李子が母の為に選んだお土産だった。

「お留守番しているお母さんに」

「お母さんは一緒に来なかったの？」

「熱があるといって」

「かわいそうね」

「そう、かわいそうなお母さん」

恵李子が無邪気に話しをしている。

「一人ぼっちのお母さん、そのお土産をあげると、どんな顔して喜ぶだろうね」

「でも、お母さんは一人ぼっちじゃないかも知れないんだ」

「へぇ、どうして？」

「わかんないけど、お父さんがいない時に男の人が何回か家にいたことがあるからかな」

「えっ？」

その女性は一瞬、凍りついたように沈黙した様子だった。しかし、そのまま話を終えるわけにはいかないと思い直したのか、話を切り替えようとしている。

「うちだって、男の人は来るよ、親戚の人や商売の人とかさあ」

後方の座席で若者グループが歌い始めた。午後の遅くない時間だが、すでに空いたビール缶が床に転がっている。その女性は右手の平を耳の後ろに添えるようにして恵李子と話している。声も少し大きくなった。

「商売なんかじゃないの。だってその男の人は服を着ていなかったよ」

恵李子は右手の平を口の横にかざして話しをしている。

「お父さんに言わないって、お母さんに約束させられたんだ」

一瞬、周りの空気が音を立てて静まり返ったような気がした。その不自然に途切れた一瞬の静寂は、何かが始まるときに感じる静けさに似ていると思った。私は酷寒のスキー場で買った毛糸の帽子をかぶり直した。


私たちが出かけていた四日間、多津子はほとんど外出もせずにアパートの部屋の中で過ごしたという。本当に風邪を引いていたのだと思い、布団の中にいた多津子に謝った。君を労れるのは私だけなのにすまなかったと。

しかし、多津子は一人ではなかった。恵李子が思わず漏らしてしまったように、私の留守に男を家に入れるようなことをして、以前から恵李子に口止めをしていたのだ。恵李子は私に隠しておくことが苦しかったのだろうと思う。この旅行の間も四六時中一緒にいる私に、母の秘密を告げたい気持ちと母を裏切ることのうしろめたい気持ちの間で葛藤していたのではないだろうか。恵李子なりに、小さな胸を痛めていたに違いない。その鬱積していたものを、隣にいる優しそうな女性に気持ちを寄りかけるように、咄嗟に口から吐き出してしまったのだ。恵李子はまだ計算して行動できる年齢ではないが、結果として間接的に私に告げたことになった。幼い子どもに重苦しいものを背負わせた母親は残酷ですらあったと思う。

大晦日の晩に男が訪ねてきて正月の三が日を一緒に過ごしたのだと、多津子に告白された。かつて社宅に住んでいた頃に一度だけ泊めたことのある男だと名前を聞いて気が付いた。深夜の公園で鉄棒にぶら下がった男の脱力した後姿が浮かんだが、顔は想いだせない、想いだしたくもなかった。男を呼んだのは自分だと言い今回の旅行も初めから行くつもりはなく計画したのだとも告げた。そして、あなたと恵李子に申し訳ないことをしたと言って肩を震わせて泣いた。

「なぜだ」

私は大声を上げた。寝ていたはずの恵李子が起きだしてきて、私に、お母さんを責めないでとでも懇願するように見上げた。多津子は恵李子を自分の腕の中に引き寄せて泣くばかりだった。私は恵李子の暗い顔から眼を逸らすしか術がなかった。

多津子は全てを告白してその後の行動を慎むかと思われたが、そうではなかった。むしろ気が晴れたかのように行動は日増しに大胆になっていったのである。

私と娘が寝静まった後に忍び足で外出したこともあった。出張で私が家を空けた日などは、娘を近所の友人にあずけて男に会っていた節がある。私の入浴中に外出して早朝に帰ってきた時は腹の底から怒りが込み上げてきた。駅に急ぐ私と階段の踊り場で鉢合わせしたが、多津子は悪びれる様子もなく、上気した顔で階段を上って行った。仕事に穴を開けることのできない状況だった私は、そのまま駅へ重い気持ちを運ぶしかなかった。急ぎながら惨めな絶望感と、そんな時でも仕事を優先的に考えている自分が哀しかった。

多津子の狂瀾の原因がどこにあったのか、その時もわからなかったし今もわからない。本人にもわからなかったのではないか。わからないままに死んでいったのではないかと、今思うのだ。人はみな欲望をもった生身の生き物として、流れの中に生きている。そう考えると生きていることに虚しさを感じた。

カピタン一家の仲裁もあって多津子は男と縁を切り、私たち家族は三ヶ月ほどで普通の生活に戻った。しかし、外形だけの偽装家族は半年も続けられなかった。

今度は私が日常のちょっとしたことにも声を荒らげるようになっていたのである。本気で妻を赦したわけではなかったことに改めて気がついた。

あるとき諍いが始まったとたんに娘の顔が歪み脅えていくのがわかった。喧嘩に怯え、その先の自分の生存にも恵李子は不安を覚えていたのではないか。自分の立っているところがどんなに不安定な暗闇だったろうか。目の前に広がる世界の奥行きと暗さを茫々と感じていたのではないか。母の秘密を私に伝えてしまったことが離婚の直接原因ではないと言い続けたとしても、娘には心の傷痕として残ってしまうだろう。輪郭のない現在と未来を、私たち夫婦は娘に押し付けてしまったのだ。その頃の娘は、ただ溜息をついて沈んだ表情をするのが癖になっていた。

多津子が危険な斜面を滑り始めたのは、私と多津子という人間の、関係そのものが、あるときバランスを崩し、弾き合ってしまった結果なのだろうかと考えていた。それとも多津子が愛欲の赴くままに自らの身を男に委ねた結果なのかとも思いを巡らした。

確かに結婚生活の長い時間を遡れば、幾つかのシーンが思い出される。私が、多津子にも相談せずに突然会社を辞めた時もそのあとも、多津子は声高に私を非難しなかったが、ふたりの間に会話が乏しくなり溝ができ、深い溝になり、心理的な捩じり合いが長く続いた。

やがて多津子は昼間からウイスキーを生で呑むようになり、ほとんど興味を示さなかったカラオケにのめり込んでいった。その時期、私はかつての家庭を立て直そうと、新しい職場でがむしゃらに働いていた。今となっては解明不可能なままに、多津子は深い眠りについたことになるが、根拠も輪郭もはっきりしないまま、死はすべての事柄をなぎ倒してリセットしてしまうものなのかと多津子の死に顔を見詰めなおした。

多津子と娘がアパートを出て行ったのは、私が出張先から帰宅した夜だった。アパートの五階の部屋の中をちょうど今頃の季節の月明かりが斜めに切り裂き畳の上に放置された目覚まし時計だけが律儀に時を刻んでいる。

離婚の手続きは一週間前に済んでおり引越しの日程は多津子が決めることになっていたが、その時が来るまで私は、誰もいなくなった空疎な部屋の中に佇んでいる自分の姿を想像したことはなかった。多津子と娘はカピタン一家が住んでいる家の近くのアパートに部屋を借りて暮らし始めていた。

娘と別れてから、娘の淋しさを埋めようと必死になった時期があった。いや、私自身の孤独を埋めようとしていたのかもしれない。多津子に断ったうえで、月並みだがドライブをし、遊園地やプールや映画を観に出かけた。あの冬の日のように泊まりがけの旅行にも何度か連れて行った。

その頃の娘はまだ、私が行くと喜んでくれたからである。まとめて休暇がとれる旧盆の前後には、娘を連れてよく北国の小さな町に帰郷したものだった。両親が健在で兄夫婦に子どもが二人おり、私の妹を加えると九人の家族が集まった。娘には羨ましい賑やかさだったに違いない。飛行機に乗れることも娘には嬉しかったのだろう。

あるとき娘は、布団のなかで私に話しかけてきた。

——大きな家をつくってさ。

——お祖父ちゃんやお祖母ちゃん、伯父ちゃん伯母ちゃんたち、それに、お父さんもお母さんも、一緒に住めばいいのに。

そう言って私を困らせたことがあった。

――お金だって、皆で出し合えば、少なくてすむでしょう。

家族が別々に住んでいることの理不尽さを娘なりに訴えていたのだ。それぞれに住むことの無駄をなくせば、もっと楽しい生活ができると思ったのだろう。

――ねえ、何でそうしないの？

「わたしの父です」

娘の恵李子が、棺の傍に立っている一人の男に私を紹介した。男は表情を動かさず黙礼し、所在なさそうに立っていた。

「イサムさんです」

娘は一切のコメントを省き、彼を名字ではなく、名前で私に紹介した。私も視線を曖昧にしたまま頭を下げた。晩年の多津子が一緒に暮らした人だと直感した。私は短い言葉を発したがどの言葉も不適切な響きを帯びてしまうような気がした。イサムさんはその存在をすぐに忘れられてしまうくらい、全身に曖昧な空気を帯びて立っていた。

イサムさんは多津子と暮らしたが、籍は入れていなかった。多津子が望まなかったということだが、イサムさんの経済的な援助を受けていた。娘は多津子の戸籍のなかで存在していた。イサムさんと長年暮らした多津子も結婚前の旧姓に戻るのではなく、私と結婚していた時の名字をそのまま名乗っていた。

しかし、多津子も娘も実生活面でイサムさんにお世話になってきたことは間違いのないことだった。私と暮らした時間をはるかに超えて、母子ともにイサムさんの世話になってきたのである。そのことに対する感謝の気持ちは伝えたいと思ったが、お世話になりましたといった言い方は、何か方向が違うような気がして躊躇した。イサムさんも私にどう向き合えばよいのか、判じかねただろうと思う。私たちは互いに名乗りあっただけで、曖昧に頭を何度か下げあった。

読経や焼香がなく故人に献花するだけの簡素なお別れの会が始まった。人々は列をなし、時が摺り足で通り過ぎていく。黒服の人々の余白に晩秋の弱い光が忍び込んでいる。人々は列をなし、白い花が一輪一輪と棺に手向けられていった。その棺の横に立って娘ひとりだけが黙礼している。目鼻立ちの大きい娘に、黒服がよく似合っていた。背筋の伸びた孤独な佇まいだった。

娘はいま、一人になったことを強く感じているに違いない。母の生きざまを目に焼き付けるようにして思春期を迎えた娘は私が再婚したと知った時、遠ざかる父の背中を見たに違いない。あるとき娘は私の顔を見つめてこう言った。

――やっぱりお父さんも、自分の子どもより女の人を選ぶんだ。

数年後、男の子が生まれたと娘に伝えた時は何も言わなかった。少し大人に成長したと私は微笑ましく思う一方で、さらに遠くへ行ってしまった父として私を見ていたに違いない。もし家族が崩壊せずにこの日を迎えたとしたなら、いま娘が立っている位置に私は娘と肩を並べて一人ひとりに不器用に黙礼していただろう。

幼くして父と別れ、今また母と死別した。生まれ育った場所も身近な顔ぶれも背後に遠のいた。幼い頃の音やにおいを感じることはできても、心の叫びを聞いてくれる人はいなかったのかもしれない。帰るべき場所も依って立つ空間も消えてしまった今、恵李子の姿を見ていると、あの時の何気ないことばが私の心の隙間に入り込んできた。

「多津子さん、この二十五年間、いつも、いつも一緒だったね」

綾子が弔辞を読み始めていた。小柄な綾子の肩が小刻みに震えているのがわかった。気持ちを落着かせているのか、綾子はしばらく沈黙した。

窓辺の庭に色づいた葉がひっきりなしに落ちている。すでにその先の時間は切り離され綾子はいま多津子と共に過ごしてきた長い年月の端に立っている。凝縮された思いが嗚咽となって溢れ出てきたのだろう。二十五年余りのあいだに二つの家族がどんなふうに助けあって生きてきたのか、二人の性格を知っている私にはその断面が見えるような気がした。語りかけるような綾子の弔辞は時おり消え入りそうになりながら、やがて張りのある声に戻り、静まり返ったホールに低く響きわたった。

これまでも、娘との短い会話の端々に何度か綾子の話題がでたことがあった。そんなときの娘の表情はいかにも可笑しそうだった。綾子の天然の剽軽さが周りの空気を和ませ、癌が見つかったあとの多津子の心も癒してきたのかもしれない。その剽軽さは二十代の頃とほとんど変わっていないようだった。

――お母さんと綾子おばちゃんが、青春歌手の追っ掛けをやっていたのよ。

いつか娘がその歌手のことを話してくれたことがある。先刻までホールの中に流れていた柔らかな軽音楽がその歌手の持ち歌だったことを思い出した。

――ほら、お父さんの時代の歌手だから、名前くらいは知っているでしょう。

そのニキビ顔の歌手のことはよく覚えていた。私が高校生のときに売り出した男性歌手の一人で、高校の卒業式を題材にしたデビュー曲が爆発的にヒットした。巣立って行く季節の別れ道に立っている若者の心情を素直に投影した歌で、哀歓と希望が滲み出ていた。歌謡曲に興味のない私でもよく歌った記憶がある。いま歌えといわれれば一番くらいは全部歌えそうな曲だった。

多津子と綾子は首都圏のコンサートだけでは飽き足らず、その歌手のファンクラブに所属し、年に何度かは小旅行を兼ねて地方公演にも参加するようになっていた。多津子はファンクラブの人たちの世話係りを買って出て、コンサートの前売り券の入手や旅行の段取りを手際よくやり、面倒なことをすべて引き受けて重宝がられていた。

しかし、ここ数年多津子は視力がますます衰えてほとんど細かな作業ができない状態だったという。そのうえ多津子は、弱視や盲目の人たちのお世話をする事務局も引き受けていた。白杖の弔問客が多いのはその為だった。

多津子はもともと弱視だった。コンタクトレンズをつけて、さらにビンの底のような厚いレンズの眼鏡をかけても運転免許証をとるための視力を充たすことができなかった。多津子と一緒に暮らしたイサムさんも弱視で、最近は多津子の手を借りなければ外出することもままならなくなっていたという。

「ありがとう、多津子さん。もう、お別れの時がきてしまいました」

綾子の弔辞が終わろうとしている。

棺を乗せた車を先頭に晩秋の武蔵野の細い坂道を、会葬者たちが長い葬列をつくってゆっくりと進んで行った。路肩で枯れススキが弱々しく揺れている。私は影を引いて真っすぐに登っていく葬列の最後尾を歩いていた。坂の中腹あたりで陽が傾き急に冷えた空気が漂い始めた。

あらためて多津子はこの武蔵野の冷えた台地の下に埋葬されるのだと思った。もし北国で私と出逢っていなければ、多津子はこの地に埋葬されることもなかったに違いない。出逢って結ばれ、娘をもうけたのちに別れ、二十五年の時を隔てて遺体となって私の前に現れ、骨となってこの晩秋の枯れ野に埋葬されようとしている。私にはその時間の隔たりが実感できないような気がした。経過した時間の繋がり具合が妙に不自然に思えたのだ。どこかで時間の編集作業が秘かに行われており、場面が切り繋がれて再構成されているのではないか。目の前にある現実は単なる錯覚で、本当は先日起こったことばかりなのではないのかと思われた。多津子が住んでいたアパートの隣の料理人の男の子は、有刺鉄線から受けた手の傷がまだ癒えていないだろう。プラムも冷蔵庫に残ったままに違いない。

「明日の朝あたりは、初霜が降りているかもしれないなぁ」

気がつくと、カピタンが私と並んで歩いている。私は笑顔をつくって目だけで反応し、黙ったまま歩き続けた。東京生まれのカピタンはあの頃から寒さに弱かった。毛糸の帽子を被り、長身の背を丸めて早足に歩く彼の姿はどことなく滑稽味を帯びて見え、一緒に歩くと私は必ず哄笑したものだった。私は北国で少年時代を過ごしたせいか、夏の暑さよりも、身の引き締まる晩秋から初冬に向かうときの季節が好きだった。

カピタンとは積もる話がたくさんあるはずだった。あの二十代後半の漫画の世界のような一時期、多津子と別れてからの四半世紀を超える長い時間の隔たりと悲喜こもごもが、私の裡に沈殿していた。カピタンと綾子が側にいなかったとしたら、多津子と娘の人生はまた違ったものになっていたのかもしれない。私と別れた直後の多津子にとって、綾子とカピタンの存在は大きかっただろう。多津子と娘はこれまで、カピタン一家にどんなに支えられて生きてきたことだろうか。

私たち夫婦が離婚を前提に娘の奪い合いをしていたある日、多津子が自ら手首を切った。私が恵李子を連れて北国の町に帰郷した直後のことで、たまたま訪ねてきた綾子に朦朧とした状態で発見され、一命をとりとめた。娘と切り離されたと思い込んだ多津子の錯乱で、私が娘と暮らすことを諦めなければならない事件だった。恵李子の身に危うさを感じたカピタンは娘を一時あずかろうと真剣に考えてくれた。

――二人育てるのも三人育てるのも、変わらんさ。恵李子ちゃん、おじさんたちと一緒に暮らそう。賑やかでいいぞ。

多津子の狂瀾は暫く続いて治まったが、娘の身の安全を考え、多津子と娘がカピタン一家の近くに住むことで、私も娘との別れを自分に納得させた。離別後は多津子に会う気は起きなかった。次第にカピタン夫婦にも距離を置くようになり、やがて交流が途絶えてしまった。

だが私はこの底抜けに明るいカピタン一家が好きだった。自分で気がつかなかったが、私はカピタン一家から遠ざかったのではなく、自分自身から逃げていたのだ。

「多津子さん、今頃はどんな夢をみているのかなぁ」

カピタンが坂を登っている葬列の先頭を見上げるようにしながら言う。

葬列は薄暮の中に長々と伸び、恵李子の背中が小さく見えた。薄れ行く光の向こうに幼かった頃の娘がダブって映り、時間の繋がり具合が腑に落ちてこなかった。うつつに見えている葬列は実は再構成された場面に違いなく、今私が歩いている坂道は、実在していないのではないか。そもそも見えているものだけが現実なのだろうかと訝《いぶか》っていた。

「あの人のことだから夢の中で何か美味いものでも食べているのかもしれないなぁ」

多津子は冷蔵庫にある半端な食材を巧みに組み合わせて、素早く美味い食事を作っていた。だが最後の食事は点滴だけの味気ないものだったろう。

「むこうについたら、棺桶の中からごそごそと起き出したりして」

カピタンは両腕を伸ばして寝起きのポーズを作り、そのまま頭の後ろで手を組んで続けた。

「ああ腹減った、とか言いながら、鼻歌うたって料理をつくってさ」

「そうそう」

私はなんだか可笑しくなった。

「人間ってさ、死ぬまで食べ続けて、食えなくなったときがお陀仏《だぶつ》の時なんだよなぁ」

死者が通る最後の坂道は、小高い山の稜線をV字に切り込んでのぼっており、そのまま天空に通じているように見えた。

ラスト・トゥデイ

呼吸器内科の待合室の窓からスカイツリーがよく見えた。その向こうに隅田川から分岐した運河がゆっくりと流れている。運河に寄るように私鉄の線路が走り、煉瓦色に染まった夕景の橋の袂に新駅も見える。

窓際の長椅子の端に矢尾井が所在なげに座っていた。私が車いすを転がしながら近づいて行くと彼は目だけで笑って見せた。私も何となく言葉をかけそびれ、二人とも無言で診察室に向かった。その時の私の顔は矢尾井以上に緊張していたかもしれない。検査の結果を医師から聞くのは、やはり辛いものがある。頭で冷静に受け止めようとしても素直に認めることができないものだ。

数年前の秋の終わりに右足の切断を告げられたとき、私は冷静に振る舞おうとした。診察室を出て、ホール脇にある公衆電話まで松葉杖を突いてゆっくりと歩いた。しかし、電話機にテレホンカードを差し込むことができなかった。手が震えていたのだ。カードが電話機に吸い込まれたあとでも何度かエラーになった。今度は市外局番を押し間違えたのだった。

診察室の奥の壁際に通路があり、数人の看護師が足早に行き交っていた。医師がパソコンに向かってキーボードを叩いている。看護師たちの足音が止まり、診察室はしばらくの間キーボードの音だけになった。

やがてパソコンの画面が直接壁のスクリーンに映し出され、医師が私たちの方に向き直った。白髪は短く縮れ、目が大きく唇が厚い。黒人の医師だった。彼はゆっくりと簡潔に、専門用語を余り使わずに説明しはじめた。

やはり矢尾井は肺がんに蝕まれており複数臓器に転移していた。第四ステージという末期の症状だと言う。医師は映像で肉体の痂疲を示した上で、手術をしても治る可能性は少ないと付け加えた。

「今からすぐにでも点滴抗がん剤を投与して、がんの進行を食い止めることです」

医師の説明は二十分程度で終わったが、私たちは動き出すことができなかった。次に何をすべきか、どこへ向かうべきなのか、どういう表情をすればよいのか。一瞬の間のことで、二人とも事態の重さに思考が止まってしまった。

矢尾井とは、お互いに歳を重ねてしまったが、人生の節目、節目でシーソーゲームを演じてきたところがある。北国の鄙びた町で一緒に思春期を過ごし、働きながら学ぶためにほぼ同じ時期に東京へ出て来た。学業を終えたのは彼の方が二年早かった。彼は国鉄に入り、一九九〇年代後半にグループ企業に追いやられたが、定年になったのは私よりも遅い。結婚したのも子どもをもうけたのも私が早かった。その代り離婚したのも私が早かった。

矢尾井は三十代の半ば過ぎまで独身を通し、もう結婚を諦めたのかと思い始めた頃に若い妻を娶り、愛し過ぎたのか子宝に恵まれないまま結婚四年余りで病で他界され、約六年間のブランクの後に二歳半も年上の女と再婚した。しかし借金と激しい浪費癖に悩まされて三ヶ月ほどで破綻している。

そのとき、結婚祝い金を返せと冗談に言ってやったら、

「お前が再婚したら倍にして返してやるよ」

と言葉だけを投げ返してきた。

再婚の機会を逸して独身を通した私と、女運に恵まれない矢尾井とは幸か不幸か今は毒舌を吐き合う独居老人仲間となってしまった。これから競うのは死期だけかもしれないと密かに思っているうちに私が隻足になってしまった。

バカなはなしなのだが、信号機のない交差点で、トレーラーの後輪に自転車ごと巻き込まれて手術したのだが、運悪く感染症に罹りふくらはぎの一部が壊死して右足を切断せざるを得なくなったのだ。どうやら最後の競り合いは負けるが勝だが、私が先にこの世にオサラバしそうだと覚悟していた。

資産もなく、失うものは失っているので、あとは自分の命だけとなった。この先のことは余り考えたくないが、自分で自分の面倒をみられなくなった時にどうすればよいのか、具体的な計画はまだない。自分の未来に対する想像力がないだけなのだが、とりあえず今も生き継いでいる。

「相当、辛いんでしょうね」

沈黙を破ったのは矢尾井だった。

「え？　何がです」

「その抗がん剤の副作用です」

「個人差がありますので何とも言えませんが、放射線治療ほど辛くはないと思います」

「治療だけで治るものなんでしょうか？」

「そうとは限りません。もちろん、がんが消えた人はたくさんいます」

「まったく何もしないとして、ですね。わたしの命はどのくらいもつものでしょうか？」

「まず、本人にがんと闘うという強い意志が必要です。治療はその上で行うものですから。それで治療をしなかった場合ですが、今の進行状況ですと六ヶ月を超えるのは……」

医師の口の動きが止まって語尾が聞き取りにくかった。私が「えっ」と聞き返した。矢尾井は軽く目を閉じ、下を向いて六ヶ月ですかと呟いた。私は彼の姿をまともに見ることができず、目を逸らして医師のほうに顔を向けた。

医師はその私に話しかけるように、

「がん細胞は非常にタフです。体から切り離しても増殖し続けるくらいですから。体力だけではなく、根気よく闘い続ける強い意志が必要なのです」

私は黙って肯いた。

矢尾井が毅然として顔を上げた。

「先生、少し時間を下さい」

「気持ちを整理する時間はいいと思いますが」

医師はあくまでも穏やかだった。診察室の後ろの通路で看護師の一人が動き出した。

「矢尾井さんは、間もなく息をすることも相当辛くなります。肺が呼吸するという本来の仕事ができなくなるからです」

看護師が医療機器のようなものを医師に手渡した。

「これらの機器で鼻から酸素を入れたり、喉に絡んだ痰を取り除くことになりますが、これを常に受け続けるには入院して安静にしている状態が望ましいのです」

「携帯用の、そういうのを見たことがありますが」

「はい。状態の良い時にキャリーバック仕様の携帯用酸素ボンベを使って小旅行される患者さんもおられますから」

「ありがとうございます。いずれにしても、きょう入院という事ではなくて、三、四日後にあらためて相談させてください」

「医師として申し上げることは、そんなに猶予できる時間はないということです」

黒人医師は大きな目で矢尾井を見据えて静かにそう言った。

私たちは待合室に戻り、矢尾井は長椅子に力なく腰を落した。窓の向こうに見える運河の真ん中を、タグボートが二隻の小舟を牽引して遡上している。私と矢尾井はしばらくその小舟を眺めていた。

「一日生きて何ほどのこともなく、何もなしえず、か」

矢尾井が力なくポツリと言う。小舟が通り過ぎた後の水面は筋状に白く泡立っていた。


余命半年と宣告されてから四日たっていたが、矢尾井からは何の連絡もなく携帯電話も一向に通じなかった。矢尾井には思い切った行動に出る性癖があった。どん詰まりの息苦しさから一気に自分を解放する知恵なのかもしれないが、絶望の果てに自殺でもしていたらと心配になった。部屋の鍵をこじ開けて中に踏み入ると異臭がするなどということがないよう願うばかりだった。

以前、矢尾井は酒もたばこも賭け事にも手を染めない男だった。愛妻の蓉子さんが亡くなったあと、そのすべてを解禁した。彼はのめり込むように一時期熱中した。私も妻子と別れた後で、心のどこかに穴が開いていた。二人とも自分の身体を虐めることによって安易に辛さを忘れようとしていたのかもしれない。

その夜も、矢尾井はウイスキーを水のように喉に流し込んだあと、私と都心の歩道橋を渡っていた。前を歩いていた私が振り返ると、彼は身を乗り出すように下を見つめている。真下は深い車の海だった。

一瞬、酩酊していた私の体のどこかが覚醒した。矢尾井の母の死が私の頭をかすめたからだ。彼もまたその時、自分の中に流れている血のざわめきを感じたのかもしれない。

私は矢尾井の腰にしがみ付き、離さなかった。そして二人ともひっくり返り、歩道橋のコンクリートに思いっきり尻餅をついた。動悸が激しく、息切れがした。暫く起き上がることが出来なかった。一度心電図検査を受けなさいと主治医に言われていたことを思い出した。矢尾井の妻が亡くなったショックですっかり忘れていた。彼の苦しみに比べたら、動悸息切れなど笑止な事のように思えた。実際に平時は息切れすら感じないで過ごしてきた。

矢尾井はどんなに苦しんでも、祈りを繰返してもカミさんがこの世に戻ってくることはなく、心が癒えることはないのだ。彼には自分を立て直すための修行のような時間が必要だったと思うのである。やがて彼は歩道橋ではないものを乗り越えて立ち直った。再婚もしたし離婚も経験した。しかし、今回は立て直すことは困難だということを知り、絶望の淵に立たされているのかもしれない。

五日目の午後になって、アパートの窓の下から矢尾井の声が聞こえてきた。そこは私の契約駐車場だった。その一画に大型のワゴン車が停まっている。嫌な予感がした。

「見てくれ、ワゴン車を少し改装したんだ」

駐車場へ降りて行った。成程、座席が幾つか取り払われて簡易ベッドが設えられている。

「これで旅行することにした」

「旅行？　どこへだ」

「どこってことはない、日本中どこへでもだ」

「無茶だ。だいいち入院治療すべきだという医師の診断はどうするんだ」

状況や時の流れに身を浸してじっと耐えるということをしない男だった。血を流しても自らを解放したいのだ。

「旅行の途中で死んでもいいと言うのか？」

応答はなかった。私達は黙って歩きだした。

「なあ、根津よ」

「うん」

「点滴抗がん剤というヤツを射ちながら、ベッドに寝ていても、人を愛しても人に疎まれても、俺は六ヶ月そこその命でしかないわけだ」

私たちの目の前を猫が小走りに横切って行った。長めの毛が汚れて異様にやせ細っている。飼い猫ではなさそうだ。

「自由はいいけど、肉体の痛みは自分で引き受けるしかないからな。痛みから自由になる時は、それこそ死んだ時だろうよ」

「それは覚悟しているよ。ベッドにいても痛みは同じだろうさ」

「一人で行動し、一人で死んで行くなんて、あまりにも淋しくないか。余りにも短絡的すぎやしないか」

猫は一度立ち止まって私と矢尾井を振り返り、すぐに何事もなかったように同じテンポの足取りで駐車場の生垣の向こうへ姿を消した。

矢尾井は両手をジーパンの尻ポケットに突っ込み天を仰ぐような仕草をした。

「そうさなあ。俺は家族も親族もいなくなって久しい。一人で苦しんで、一人で痛みに耐え、そのときが来れば、ハイさようならってわけさ。それが俺の運命なんだろうよ」

ストレッチャーに横たわっている私の顔を覗き込んだ矢尾井の顔を想いだした。私の右足の切断手術が始まる直前のことだった。看護師たちと一緒に手術室の前までついてきた矢尾井の顔は私よりも痛々しそうだった。その斜めに歪んだ「ひょっとこ」みたいな顔を下から見上げていると、可笑しさが込みあげてきた。肉体の一部が切り離される現実をいっとき忘れることができた。あのひょっとこ顔が忘れられない。

「急ぎ過ぎないか?」

「過ぎない」

今度は私が空を見上げた。西北の方向に二頭のクジラがつがいで泳いでいるような雲が出ている。

「自分で結論を出してから来たんだ。事前に、お前に相談すると必ず反対されるからな」

なんて身勝手な理屈なんだろう。私は少し腹が立ってきた。

「死地へのひとり旅なんて、お前さあ、格好つけんじゃないよ！」

私は少し強い口調で吐き捨てるように言った。

だが、このとき彼は彼なりの淋しさを私以上に持っていたのではないかと思う。自分が消滅して行く淋しさは、本人だけにしか分からないだろう。残される者は必ず複数人いるが、死んで行くのはいつもたった一人だからだ。

「人に頼りながら生きていくのも、人の世じゃないのかなあ」

矢尾井は黙って頬をふくらませると、大きく息を吐き出した。あのクジラのつがいに似た冬雲は二度とは同じ形にならないのだと思った。

「このままお前に出発されると、俺にも後味の悪い思いが残る。もしかしたら多くの人に迷惑をかけてしまうかもしれないぞ。たとえば交通事故とかさ」

赤色灯を点けた車がサイレンを鳴らして高速道路を何台も逆走している。その先にボンネットが潰れた車や、車体が飴のように捩じ曲がった車がある。血の海に横たわっている幾人かの体はすでに動かない。

私は頭の中の映像を打ち消すように言葉を継いだ。

「大参事になるようなことは、事前に避けるべきだろう」

矢尾井はうつむき、右足のつま先を立ててじっと見つめた。それから、腕を組んで天を仰いだ。

「家の中にいて、孤独死するのも、人に迷惑をかけるよな」

「だけど、他人を傷つけたりはしないだろうさ」

「孤独には慣れっこになっている。これまでもたっぷり漬かってきたからな」

先ほどの野良猫が生垣の間から顔を出し、私たちを見るとすぐに踵を返していなくなった。

「それにしても、自分の遺体は必ず誰かに迷惑をかけてしまうけど、本人にはどうにもならない」

「あいにくだけど、俺は蓉子が死んだ時のように自暴自棄になっているわけじゃないから」

私はあの黒人医師の顔を思い出した。彼なら矢尾井をすぐに入院させてしまうに違いない。願わずも叶うことだった。そうなると矢尾井は死の床に就いて悔いを残すことになるかもしれない。私も彼を騙しうちにした結果になり、修正の効かない感情を永遠に凍結させたまま別れることになる。彼のいなくなった世で、私もまた悔いを残して人生を終えたくなかった。

矢尾井の状態が安定している時期を見計らって、一、二泊だけの小旅行でもしてみようと考えた。近場のありふれた温泉でもいい、矢尾井に残された時間を、彼と二人で思う存分に使って過ごすのも悪くないなと、ふと思った。いや、日本に限らず世界のどこでも好きなところに行って、想像もしなかった体験をしたり、特異な人物や不思議な現象に出合ったり、美味しい物を食べたり、笑ったり泣いたりと、残った力をすべて使い果たしてもよいではないか。

「俺も一緒に行こうかな」

「おい、今なんて言った？」

矢尾井が頓狂な声を上げた。

「車に寝泊まりして、狭い日本をうろちょろするより、よっぽど面白いぜ」

矢尾井は石段の手すりに腰をもたせ掛けて腕を組んだ。

「そうさなあ、お前が傍にいてくれると心強いけど」

「けど、何だ？」

「お前に負担をかけちまうからな」

「バカ言え、俺だって杖ついて、飛行機のタラップを登ったり下りたりするんだぜ。実際はお前の手を借りなきゃあ何もできやしない」

「俺たちは二人で、やっと一人前かよ」

「ちげえねえ」

矢尾井は少年の笑顔をみせた。

私たちは旅行のアイディアを出し合い、世界地図を床に広げて議論もし、実現可能かどうかを検証して絞り込んで行った。さらに旅行代理店で細かな日程を確認し、何度も変更するなどプランを立てる作業に熱中した。最後は航空券を買い込み、ホテルを予約する段取りになった。しかし、プランを組み上げてみるとどれも色褪せた企画で、開始する前から手順に鍵が外れて扉が開いてしまうゲームのようで、わくわくした気持ちにはなれなかった。作業そのものに疲労感が溜まって来ていて、お互いに不満をぶつけ合うこともしばしばだった。

「だいたいさあ、お前の発想が貧困なんだよな。世界のどこでも好きなところに行ってなんて、お題目はいいけど、実際はツアー旅行と変わんないじゃないか」

矢尾井は疲れてくると喧嘩腰になってきた。一方でお互いの想像力に花が咲き、次々とアイディアが展開していって夜ふけまで議論したことも何度かあった。しかし、我々の事情をよく考慮して練り直すと、実現するのは難しいという結論が出る。するとその日の会議は即刻、打ちどめとなった。自分たちの身体事情を忘れていたことに二人とも気が付いたからである。矢尾井はそそくさと帰っていった。気が滅入ってしまわない前に、調子に乗って膨らんだ意識を急いで元に戻さなければならなかったからだ。

そんなことの繰り返しで瞬く間に数日が過ぎてしまい、矢尾井は断続的に疲れを見せるようになった。打ち合わせの最中でもソファーに横になることが多くなり、食欲がないと言って食べ物を一切口にしないこともあった。自分の体調の事はあまり口に出さない男だけに、私は少し焦りもし、慌てもした。実際に頬の肉を彫塑ヘラで大胆にそげ落としたように痩せて頬骨が目立ち、顔の輪郭が変わってきていた。

以前、矢尾井が通っていた近くのクリニックに頼んで点滴をうってもらったこともあった。すると、翌々日くらいまでは普通の状態が続いた。そんな日に彼が言ったものだ。

「そろそろ出かけようぜ。明日の今頃は飛行機の中だろうよ」

矢尾井は低くかすれた声で、しかし笑顔を見せて、

「ラスト・トゥデイだぞ」

「なんだそれは。まともな英語になっていないぞ」

「毎日が、人生最後の日。医者の診断が下りた時から、俺はそう自分に言い聞かせて生きているんだ」

その頃から矢尾井はトイレで四つん這いになって痰を吐き出すようになった。日によっては正座して体を二つに折り曲げ、額を床に押しつけて誰かに許しを乞うように苦しんだ。私はうずくまっている矢尾井の背中を何度もさすった。一旦痰を出してしまうと何事もなかったようにけろりと元気になったが、日に日に悪化していくのがわかった。私は焦燥に駆られた。

とにかく、矢尾井の状態を見計らって、一、二泊だけの小旅行でも実現しようと考えた。入院は帰って来たその日にすればいい。あの黒人医師に相談して手続きだけでも先に済ま

せておこうと矢尾井に提案した。

「そんなことをしたら、あの医者に止められるに決まっているじゃないか」

「車であちこち行くにしても、携帯用の酸素吸入器くらいは必要だろう。それにしたって、病院と相談しなければ何もできないぜ。苦しむのはお前なんだぞ」

一瞬にして矢尾井の顔色が変わった。

「やっぱり俺はすぐに出かけるべきだった。お前に別れを言いに来たのが間違いだった。感傷なんかクソ喰らえだ。時間が無いんだ俺には、いつも毎日がラスト・トゥデイなんだ」

矢尾井は次第に高揚してきて、立ち上がった。

「お前の魂胆は分かっているんだ。最初っから俺に旅行をさせないつもりでいたんだろう。言葉巧みに俺を足止めしやがって」

私を指差しながら怒鳴りだした。

「そういう汚い奴なんだよ、お前は。後悔してるよ、俺は。お前みたいに人の気持ちのわからん奴と半世紀以上も付き合ってさ」

思わず私も車いすから立ち上がろうとした。が、義足をつけていなかったことに気が付いた。

「お前ひとりで勝手に死んでも必ず死体は残るんだ」

私は中途半端な姿勢のままに言い放った。そして、すぐに付け加えた。

「いいか、お前の死体だぞ」

　残酷な言い方だった。私は話をすぐに終わらせたかったのだ。この期に及んで言い争いはしたくなかった。だが、強く言わないと矢尾井は収受のつかないところへ行ってしまう。

「そうだ、俺の死体なんだ。死ぬのはお前ではなく、あいにくこの俺なんだ。どっちにしたって、お前と腐れ縁が切れて、清々するわ」

　彼はさらに声を荒らげ、身振りも大きくなった。私は少し疲れ、車いすに腰を下ろして俯いた。空気が薄くなったのか、息苦しさを感じた。心臓が飛び出すように鼓動している。

　私は「わかったよ」と低い声で言った。

「何がわかったんだ」

「もういい。俺が悪かった」

　私はうずくまったまま声を絞り出した。

「お前はいつもそうやって優等生のように、なんでも丸く収めようとする。うやむやにしようとする。膿を出さずに結論を出そうと急ぐんだ」

　矢尾井は椅子の背に掛けてあったジャンパーを手に持ち、

「俺はそういうお前の優等生づらが大嫌いなんだよ」

　彼は私を指差しながら玄関の方に歩きはじめる。

「おい、帰るのか」

「帰る」
矢尾井は上着を肩に掛け直しながら玄関を出て行った。ドアが重い音を立てて閉まった。

矢尾井とはこれまでも、幾たびか喧嘩別れをしてきた。二度と会うもんかと心に深く刻みながらも長くて半月、いつの間にかよりが戻っていることが多かった。たいていの場合は、どちらかに事件が起きたか、危機的状況に陥り、はからずも仲たがいが解消されてきたようなところがある。この長い旅の間じゅう、つかず離れず飽きず、共に歩いてきたものだと、あらためて思うのだ。

結婚三年目で、私にもようやく子どもを授かろうとしていた時もそうだった。子どもが産まれる数ヶ月前に私はその頃勤めていた小さな商社の上司を殴って怪我をさせてしまった。その上司が、社内結婚したばかりで身ごもった女性社員を辞めさせようと陰湿な苛めを繰返していたからだった。

警官がよばれ、四十八時間留置所に拘留され取り調べを受けた。警察署まで私を貰い下げに来てくれたのは矢尾井だった。示談ですんだが、会社は解雇されて収入が途絶えたばかりではなく健康保険証も失効となり、母体の定期検査もままならなくなった。もちろん暴力はどんな言い訳も通用しないが、離婚原因の一端とみられた事件だった。

その妻を産婦人科の病院に連れて行ってくれたのも矢尾井だった。私は新しい職場の初出張で、南に向かう特急電車の中でポケットベルがけたたましく鳴った。

矢尾井は車で市役所裏の病院へ妻を運び、待合室で遅くまで私を待っていてくれた。切迫早産で破水して羊水が出ており、母子ともに危険な状態だった。私が病院へ到着したときは母子とも無事で、娘は保育器に入っていた。

生まれることと死ぬことは、いつも僅かな偶然から結果が出されていく、私たちもその結果の産物なのだと、その時しみじみと思ったものだ。私は矢尾井の姿を見つけて、外国映画のように無言で肩を抱き合ったが、いつかこんな場面があったことを思い出した。

高校時代のほんの一時期、彼が孤立して苦しんでいたことがあった。恐喝まがいの虐めなのだが、隣り町の学校の不良グループに多額の金品をせびり取られようとしていた。

私と矢尾井は、薄笑いを浮かべて自転車の古チェーンを振り回す男たちに囲まれ、石炭庫の土壁を背にその理不尽な要求を無言で拒み続けた。彼らと睨み合っている長い間じゅう、私は自分の脚がふるえていることに気付かなかった。男たちの薄笑いは、強がった私の必死の形相と臆病さの落差を見てとった嗤《わら》いだったに違いない。

男たちが去ったあと、私たちは互いの肩を無言で叩き合った。矢尾井少年はそのとき流した涙を忘れなかったのだろう。

矢尾井を怒らせたまま帰すべきではなかったと後悔した。何度も電話をしたが応答なしの状態が続いたからだ。午後には矢尾井のマンションまで行ってみたが、新聞受けに二日分の新聞が窮屈に詰まっており、帰宅した形跡がない。電気メーターは回っている。まさかとは思うが、途中で事故にあったか、行き倒れているのではないかと不安がよぎった。捜索願を出そうかと考えたが、ドアの陰からひょいっと矢尾井が顔を覗かせるような気がして躊躇《ためら》っていた。

しかし、夕方になると一層焦りが出てきて、車いすに乗ったまま近くの交番に駆け込む準備を始めていた。病院から電話が掛かってきたのはその矢先だった。受話器を取ろうとして車いすを動かした瞬間、ブレーキを掛けていたことを忘れていて前のめりに椅子から飛び出すように転げ落ちた。義足を付けていなかったので片膝立ちで起き上がることはできたのだが、そのとき喉元から左胸に掛けて痛みが走った。動悸がし息切れがした。少しの間うずくまっていたが、無理をして受話器を取り上げた。あの黒人医師の緩い話し声がした。矢尾井が病院に運ばれてきたと言う。

矢尾井は集中治療室のベッドに横たわっていた。電車の中で息が苦しくなり救急車で搬送されて来たという。診察を終えた黒人医師が出て行くところだった。

「措置が遅れていたら、今ごろは地階の霊安室で寝ていたよ。でももう大丈夫」

彼は私を見つけると、幾分明るい表情でたどたどしくそう言った。

私はベッド横のパイプいすに腰を下ろして矢尾井の顔を覗き込んだ。いつか見た「ひょっとこ」顔になっている。頬が落ち込み、白っぽい無精ひげが斑に伸びて薄い隈をつくっている。哀しくも可笑しくもあった。

正午近くになって矢尾井は私が側にいることに気が付いたようだった。そのとき私はうとうととしていた。矢尾井はいきなり話し出した。

「お前の所から帰る途中でさ、ふと山手線の電車に乗ってみたくなって、駅前の駐車場に車を置いたまま電車に飛び乗った。一番前の車両に乗ってさあ、運転している気分だった」

私は思わず立ち上がった。体が揺れ、パイプ椅子が音立てて後ろに倒れた。

「いきなり脅かすなよ。寝言を言っているのかと思ったぞ」

「さっきから目は覚めていた」

「喋って大丈夫か？」

「ちょっと気分が軽くなった。それで山手線をグルグル回っているうちに、なんだか虚しくなっちまってさあ」

矢尾井はベッドの上で上半身を起こし、一語一語を噛みしめるように話している。

「むかし俺が運転している電車に飛び込み自殺されたことがあったんだ。仕事なのでその場で遺体を処理したんだけど、飛び込む直前になぜかその女性と目が合っちゃった。今でもあの目の鈍い光をときどき想い出してしまうんだ」

矢尾井はベッドカバーの上に出した自分のやせ細った手指を見つめながら言葉を継い

だ。

「今の今まで生きていた人間が、次の瞬間には肉片になっちまうんだぜ」

矢尾井は頭を左右に二、三度振りながら続けた。

「その女性が歳をとっているのか若いのか、そんなことも覚えていないんだけど、あのなんと言うのか、すがるような瞳の、鈍い光だけが忘れられないんだ。また何時か同じ眼をした生身の人間が、俺の顔をめがけて突進して来る、そう思うと手足が竦《すく》んじゃってさあ。仕事に希望が持てず、身が入らずで、間もなく電車から降ろされて、子会社に飛ばされたってわけさ」


矢尾井の母も自殺だった。彼が一八歳になったばかりの吹雪の夜に家を出て行方が分からなくなった。私たちは深夜の雪道をカーバイドで照らしながら矢尾井の母を探した。

「お母さんが家を出るとき、どうしてお前は気が付かなかったんだ。もしものことがあったら、お前の責任だぞ。一生背負っていかなければならないことになるぞ」

矢尾井は足を止めて下を向いた。防寒具の中で汗がしたたり落ちるのが分かった。いま言うべきことではないと思いながらも重苦しい緊迫感から強い口調になっていた。

「なぜだ、なぜこんな吹雪の夜に家を出たんだ」

矢尾井の防寒具も汗でぐっしょりと濡れていたに違いない。二人とも氷点下の寒さの中で汗と焦燥にまみれていた。

矢尾井の父が家を出たのも冬の初め頃だった。息子と妻と多額の借金を残して失踪し、父は未だに行方が知れないままである。そしてまた、母の無言の失跡だった。このとき矢尾井の裡には、両親に捨て置かれたという哀しさと、張り裂けるような理不尽な感情が堰き止められていたに違いない。私は彼の背中に手を置くように触れた。肩が小刻みに震えていたことを覚えている。

間もなく駐在所のお巡りさんが二人来て、自警消防団員が呼び集められ、近所の人たちも加わった。視界の悪い広い雪原を、隊列を組んでくまなく夜明け近くまで探したが、見つからなかった。疲労と寒さで二次災害の危険性も出てきた。

「もしかしたら、ひょっこり戻って来るかもしれねえなぁ」

「そんだなぁ、何もなかったようによぉ」

「だいじょうぶ、だってぇ」

近所の人たちは気休めとも諦めともつかない言葉を口にしながら帰って行った。

遺体は吹雪が治まった二日後に家から六キロほど離れた農業用水路の中で氷と雪に埋もれて横たわっていた。矢尾井と私は冬の朝日を背にしてその遺体を茫然と眺めた。変色はしていたが損傷は少なく、人間としての形をそっと保ったままだった。

近所の人たちは口伝えに、亭主に失踪され借金取りに追い詰められたうえでの覚悟の自殺だったのではないかと噂していたが、何故か警察は暴力団がらみの裏事情を承知の上で暗に避けようとしていた節がある。司法解剖も形式的に行われたが、警察は他殺の証拠はなく自殺の動機に乏しいとして、遭難死扱いとしたのである。

母の死は矢尾井の心に暗い影を落としたばかりではなく、その先の未来を大きく振り分けた。彼は進学を断念し、鉄道員だった叔父の助言を受けて、働きながら運転士の訓練学校に通うことになったのである。


「お前にまた会えるとは思わなかった」

「心配させやがって」

私が言い返すと同時に矢尾井が咳き込みはじめた。ベッドの上で海老のように体を折り曲げて痰を出そうとしているが出ない。腕に巻きついていた点滴用の管が弾けるように何度も波うった。私はただうろたえるばかりだった。

看護師が二人病室に入ってきた。一人は吸引器で痰を取り出し、もう一人は捩じれた点滴の管を直しながらPHS電話で医師を呼んでいる。矢尾井の咳が治まった頃、黒人医師が入って来て矢尾井を診察し、看護師に英語で指示を出すと看護師を一人連れてすぐに出て行った。残った看護師も新しい点滴静注バッグを取り付けて病室を出て行った。矢尾井は先ほどの騒ぎを忘れたかのように目をパチリとあけて天井を凝視した。

こんな場面が幾月か繰り返えされた。点滴抗がん剤を射っては二週間ほど休み、症状を見ながら三度四度と射ち続けていた。眼窩が窪み目の玉だけが異様に大きく見えた。

季節は夏に向かっていた。矢尾井の命は夏を越せるかどうかと危ぶまれていた。私は初夏の寛容な風を実感することもなく、ひび割れた舗道にこわごわと義足をのせて矢尾井の病室に通っていた。

人々の間を縫って橋を渡りながら、こんなにも一人の人間と時間を共有し、一人の人間の存在をこれほど重く感じたことがあっただろうかと自分に問いかけた。なぜだろう。彼がやがて死ぬ存在だからか。いや、それなら私だって同じだ。時間的な隔たりはあるかもしれないが、大した違いじゃない。もしかしたら私は矢尾井を見舞っているのではなく、やがて訪れるだろう自分の死を見つめているのかもしれない。

そんな時期、矢尾井が「俺が死んでもさあ」などと話し出すと、私は「バカ言ってんじゃないよ」と遮っていた。気休めを言うつもりもなかったが、この時この場で死ぬことを前提に話をするのは気が進まなかった。矢尾井の死はもはや抽象的な死ではなく、現実に目の前で肉体が滅びて行く、手触りのする死として私に迫っていたからだ。

矢尾井は激しく咳き込む回数が多くなっていた。ベッドの上を這いまわるようにして苦しむ姿は見ている者の肉体までを啄ばむ。いつか矢尾井が、「一日生きて何ほどのこともなく」と言った言葉が思い出され、一日命を長らえると一日苦しみが長くなるという残酷な肉体の叫びに私も痛みを感じていた。


その日、私たちは呼吸器内科の待合室から夕方の運河を見下ろしていた。小舟が川の流れに身を任せるように薄暮の川面を滑っている。その向こうにスカイツリーが見える。

矢尾井は気分が良いと何度も言い、少し饒舌になっていた。

「たとえばさあ、俺があの小舟に横たわって隅田川を下り、海に向かっているとするだろう。その途中で俺が死んだら、俺の時間はそこで永久に止まってしまうわけだけど、小舟はそのまま海に向かって澱みなく進むだけだよな」

矢尾井は車いすに載せた自分の腕をさすりながら話している。腕の血管が浮き出し、その周りは内出血をおこして紫色になっている。骨や筋はその形のまま腕を形成していた。

「だけど、辺りは何も変わっていないし、何も事件は起こっていないわけよ。あらゆる事から俺だけが取り残されている」

私は黙ったままでいた。

「でも死ぬってことは、そういう事なんだろうなぁ。最近はとくに一日が過ぎると一日分の肉体が切り落とされているように感じるんだ。間違いなく一日分の命が削られているって事なんだろうなあ」

運河に隣接した新駅から人々が放出され肩を触れ合うようにして橋を渡る。澱みなく流れてきた一日が終焉に向かって拡散して行った。

「あの旅行の計画を立てているとき、何かさあ、妙に充実していたような気がするんだ」

「喧嘩したけど」

「怒鳴ったりして、悪かった」

矢尾井は深い溜息をついて、続けた。

「旅行のプランが出来上がってくるにつれて、俺は次第に苛立ってきていたんだ。旅行に行けないことくらいは自分でもよくわかっていたからなんだけど、お前と一緒にいる時間はもう持てないんだ、もうこれでお終いなんだと考えちゃってさあ」

今この男は私の前から消え去ろうとしている。自らの死を選んだ母のようにではない。死に怯えながらも生の終わりを見つめ、永久に戻ることのできないこの世の自分を受け容れようとしている。自然に還る自分を納得させようとしている。彼にどんな言葉をかければよいのか。どんな笑顔を贈ればよいのか。

この男と私は人生の大半を関わりあって生きてきた。お互いに別な生き方もあったと思うが、気が付いてみるとそうしていた。この男の短絡的に行動しようとする生き方に腹をたてたことが何度もあった。自分一人で生きていると勘違いしている男に愛想をつかしたこともあった。背を向けて歩き出したことも二度や三度ではない。だが、いつも途中で引き返さずにはいられなかったのは、この男の、逆境に耐えてきた人懐っこい笑顔があったからだ。

両親に音もなく去られ、最愛の妻を病に奪い去られて呻吟し、孤独でやるせない日々に、自分を見失う場面もあったが、流れに流されずに踏みとどまってきたこの男に、私はどれだけ救われ、勇気を貰っただろうか。この男が背負ってきた辛さに比べたら、自分が直面している苦境など乗り越えられる、いやきっと乗り越えてみせると幾度も自分を奮い立たせたものだ。

二人を結んでいた綱が間もなく離されようとしている。彼が流されて行くのか私が取り残されるのかは分からないが、別れは確実にやってくる。私は私の死が訪れるまで、この男のひょっとこ顔を忘れないで生きていこうと思う。

気が付くとスカイツリーがカラフルにライトアップされている。小舟が通ったあとの運河にその姿を映し、揺らぎながら水面を色採っていた。待合室の窓硝子に映った矢尾井の顔がそれに重なって揺れ、うつろな姿を投影している。その顔は未練と諦念と生きる哀しみをない交ぜにして私の顔と重なり揺れているように見えた。小舟が悠然と水面を滑って行く。

別れの流儀——続ラスト・トゥデイ

おい、根津よ、ひどいじゃないか。俺より先に逝っちまうなんて。まだ、三途の川を渡る前だから、戻って来られるだろう。お前の好きな酒と肴を用意して待っているからさあ。棺に釘を打つ前だし、ひょいと蓋を持ち上げればこっちへ来られるぜ。俺は今、その棺の前にいるんだ。

病院からここへ来るまで、あれを言おう、これを話そうといろいろ考えてきたけど、お前の前に来た途端、すっかり忘れちまった。頭が真っ白になるっていうのはこういうことを言うんだろうな。歳のせいかもしれないが、突然のことで、俺も気が動転しているんだ。

お前には感謝しているよ。本当に世話になった。お前が死んじゃった今はもう、俺なんかこの世にいる意味がないくらいだ。実際、俺が先に死んでもおかしくない場面が何度もあったよな。俺に肺がんが見つかった時も、そばにお前がいてくれた。余命半年といわれたこの俺が生きていて、ピンピンしていたお前の方が先に逝っちまうなんて、こんな悲しいことがあってたまるか、神様はどうかしているよ、不公平だよなあ。俺はもう、信じねえ、神も仏も信じねえぞ。

（間。通夜の会葬者は、アパートの管理人と駐車場で倒れていた根津に声を掛けた隣室の住人の二人だけだった。読経が終わると僧侶と会葬者は去り、矢尾井と病院から付き添ってきた看護師だけになった。矢尾井は点滴装置を付けた車いすに座り、鼻に酸素吸入チューブを入れている）

考えてみれば、お前とはガキの頃から一緒だった。北国の鄙びた町の小学校から、一緒に遊び、一緒に悪さもしたなあ。お前と違って、勉強はからきし駄目だったけどな。覚えているか、いそ子ちゃん、どういう字を書くのか忘れちまったけど。可愛かったなあ。ちょうどあの頃に集めていたブロマイドの、吉永小百合の横顔と似たところがあった。初恋ってやつだ。ところがお前も好きだったという、俺にとってお前は最初の恋敵というやつだったが、二人とも振られたばかりではなく、引導を渡された。わたしの好きな人は住吉先生デス、ってね。今どうしているかなあ、生きていればどこかでバアさんになっているのは間違いないと思うけど。

何だかんだと人生の大半をお前と関わって生きて来たなあ。高校の時お前はバレー部で、チームの中心選手として地区大会によく出ていた。俺は柔道部だったが、遂に試合に出場することなく終わった。投げられてばかりいたから、基礎体力だけはついた。この身体は長じてゴルフに役立った。足腰がしっかり大地を捉えてくれるし、肩幅が広く厚くなっていたので、ボールを打つ瞬間に腰から上の回転パワーが強く、遠くへ飛ぶようになった。だから、ゴルフではお前に負けたことがなかった。

あれは東京でオリンピックがあった年の秋口だった。お前のように進学しない高三生にとっては、野球でいう消化試合みたいな授業が続いていただろう。なぜか物理と音楽が選択科目になっていた。文系の私立大学を目指していた俺はもちろん物理などという小難しい理屈をこねる科目は避けて、俺もお前も歌っていれば単位が取れる音楽の授業を受けていた。しかし、授業に一度出ただけで口をパクパクすることにも飽きてしまい、同憂の仲間を引き連れて教室を抜け出し、町はずれにあった堰堤の芝生に寝転んで、時間を遣り過ごした。それぞれに卒業後の進路を決めなければならない時期に来ていたが、気持ちの良い秋晴れの午後の一時を、枯れ始めた芝草の上に身を横たえて過ごした。

音楽授業のサボタージュは一回目に早くもバレていたが、間抜けにもそれとは知らずに二回目を実行したところで、声楽を得意とする若い教師から担任教師に報告され〝御用〟となった。担任の歴史教師には職員室の隅々まで聞こえる大音量で怒鳴られたうえに、卒業するまで毎日音楽教室をピカピカに磨く労役の罰を課せられた。今では懐かしい思い出の一つに昇華しているが、俺もお前もいっぱしの不良気取りだった。そうそう、石炭庫の横で本物の不良に金をせびられたことがあった。あの時もお前は一緒に戦ってくれたよな。

だが、俺の運命はその頃から、俺のあずかり知らないところで傾き始めていた。もちろん直接の関係はない、ないけれども現実に俺は大学に進学できなくなった。あまり思い出したくはないが、オヤジが莫大な借金を抱えて失踪してしまったからだ。競走馬の売買斡旋業、つまり博労《ばくろう》として手広く商売をしていて、大きな家に住み羽振りが良かった。さほど勉強のできない俺でも大学進学は当たり前だと思っていたが、オリンピックのあとに襲ってきた不景気で約束手形が落ちなくなった。しばらくは遣り繰りできたらしいが、今考えると暴力団風の男たちに追い掛け回されるようになってからは、オヤジもギブアップせざるを得なかったのだろう。ある日突然、遁走してしまい、未だに行方が分からない。

（うな垂れた矢尾井。背中から深い溜め息が漏れる。矢尾井の父は異国の地で生き延びているという説もあったが、当時から殺されているのではないかという噂が有力視されている）

どっちにしても、俺の進路は閉ざされたばかりではなく、矢面に立たされた母親がやがて鬱病になり、日に日に悪化していった。お前も一度出くわしたことがあったと思うが、気の荒い債権者が連日何人も押しかけて来て、罵声を浴びせられ、殺すとまで言われると病気にならない方が異常だと思える状態になっていた。

母親のことは心配だったが、大晦日に正月用の締め飾りを買って帰ってきた時は内心ほっとしたものだ。今年はいろいろあったけれど、とりあえず来年も普通の生活が続くのだと思ったからだ。しかし、年が明けて三が日を過ぎた吹雪の夜中に母親が家を出て行方が分からなくなり、二日後に遺体で見つかった。

警察は遭難死として処理してくれたが、明らかに自殺だった。高校を卒業する直前の、天地がひっくりかえるほどの事件だった。母親が自ら選んだどん詰まりの解決策だったのかもしれないが、その母親の生命保険金で借金は何とか収まった。収まったが、俺の気持ちと進路は収まらず、未来が真っ暗になった。

（間。看護師が車いすに座っている矢尾井の点滴チューブの位置を直している）

あ、俺のことばかり話してしまった、すまない。

奈落の底に落とされていく俺とは対照的に進学を諦めていたお前が東京の大学で学べる機会が得られたのは、運命の悪戯なのか。あの大音響で怒鳴られた担任の歴史教師からもたらされた朗報だった。私立大学の夜間部なら一人だけ推薦で入れるワクがあると言ってきた。東京でも名の知れた大学で、働きながら学べる夜学だったので、俺もお前もすぐに応募したが、結果的に俺より成績の良かったお前が推薦され、奨学金も受けられるようになった。あの担任教師は住み込みで働ける仕事まで世話してくれた。

正直にいって悔しかった。なんでお前だけが優遇されるのか、なんで俺ばかりに不運がつき纏うのか。自分の運命を呪い、一時はヤケになったりした。歴史教師の顔もお前の顔も、見るだけでムカついたものだ。それ以降は誰とも口を利かず、連絡も取らず、誰もいなくなった大きな家でうずくまるように生きていた。

一人ぼっちになってしまった俺は身の振り方に困り、国鉄職員だった叔父の助言を受けて働きながら学べる東京の鉄道学校に通うことになった。母親の命の代償である保険金は一銭も残っておらず、仕方なく家と土地を二束三文で叔父に買ってもらう約束で金を工面してもらい上京した。

誰にも知らせず、お前とも絶縁状態のまま故郷を離れたのは三月の終わりだった。汽車の窓から見える風景は残雪がまだらに広がる荒野で、益々すさんだ気分になり、悔しさと淋しさがない交ぜになって気が滅入ったものだ。だからお前のその後のことは正直、知らなかった。

そのお前とまた東京で会うことになった。東京へ来て三週間ほど過ぎた頃、俺の留守中にアパートのドアにメモが挟まれてあった。お前は叔父から聞いた俺の住所を頼りにアパートを訪ねて来てくれたのだ。俺は素直に嬉しかったが、絶縁状態のお前に追従《ついしょう》するわけにはいかない、男がすたるなどと粋がっていた。だから連絡せずにいたら、お前がまた訪ねて来た。しかし俺は冷たく言い放った。

何しに来た。

お前は故郷に忘れ物をして来た。俺はそれを届けに来ただけさ。

忘れ物なんかない。

俺と言う忘れ物だ。

お前は臆面もなくそうぬかしやがった。可笑しくなって、思わず吹き出し、二人で声を出して笑ってしまった。あの時のお前の笑顔がどんなに嬉しかったか。お前との腐れ縁第二幕が始まった瞬間だった。

（間。矢尾井の軽い咳払い。当時文京区の白山通りには小さな印刷工場が軒を並べていた）

東京で暮らし始めて大きく変わったのは周りの環境だけで、故郷での生活とあまり変わらなかった。いつも飢えと隣り合わせだったが、二人とも真剣に生きていた。上京して二年目だったと思う。俺は鉄道学校の二年生で、お前は印刷工場の屋根裏部屋に寝泊まりして、奨学金と印刷工の薄給で夜間大学の授業料を払い、食費を切り詰めて生活をしていた。そのギリギリの生活に追い打ちをかけるように、お前にも試練が襲い掛かってきた。二年目の冬のはじめに印刷会社があえなく倒産してしまったのだ。

工場の屋根裏部屋からも追い出されて、行くところがなくなった。やむなくお前は布団を質に入れてわずかな金をつくり、ボストンバッグに必要最低限の物を詰めて六畳一間の俺の部屋に転がり込んできた。真冬の寒い時期で、お前はまるで追い剥ぎに出遭った奴みたいに消沈し、よれよれだった。

翌日からお前は俺のアパートに引きこもって新聞の求人欄ばかりを見ていた。そのお前の居ずまいに、正直いって鬱陶しさを感じ始めていた頃だった。鉄道学校の帰りに工員募集のチラシを拾ってきた。俺は知らなかったのだが、アパートから歩ける距離に大手の印刷工場群があり、夜勤専門のアルバイトを募集していた。週給一万円という活字が大きく書かれていた。お前に見せると、そのチラシを俺の手からひったくるようにして印刷工場まですっとんで行った。今でもはっきり覚えているのは、お前のあの殺気立った後ろ姿が、いや生きることに貪欲だったお前の姿が鮮烈だったからだ。捨てる神あれば拾う神ありだった。

翌日からお前はアルバイトの印刷工になった。十二時間の長い労働だったが、嬉々として通い始めた。夜勤が明けた朝方に帰って夕方まで俺の布団に潜り込んで眠り、俺が帰宅する頃に工場へ行く。朝から出かけて夕方に帰宅する俺とは表裏の関係になり、日曜日以外に顔を合わせることが稀になった。あの食パン事件が起こったのは、久しぶりの休日の夜だった。

京浜東北線の線路脇にあった安普請の木賃アパートで、電車が通るたびに揺れが伝わってくる部屋だった。その夜は腹が減って眠れなくなり、仕方なくごそごそと起き出して、一枚だけ残っていた食パンにマヨネーズを塗って台所のシンクの前に立ったまま食い始めた。一口食ったところで起き出したお前は、それは俺のパンだと主張しだした。たしかにパンはお前が買ったものかもしれないが、マヨネーズは俺が買ったものだと主張して獲りあいになった。揉み合っている間にパンが汚れたシンクの上に落ちてしまった。みるみる色が変わっていくパンを見つめて、二人とも口を開けたまま凍りついた。取り返しのつかない失態だった。

気まずい空気が流れた。しかし、空腹を満たすはずだったパンへの未練と、自分たちの大人気ない行為に、悲しみと可笑しさが同時に込み上げてきた。そのときお前は、

神様がおれ達のパンを取り上げたんだ。

二人で分け合えば良いものを、醜く争う姿が神の癇に障った。

罰が当たったんだ。

俺も同調しながら、お前の口から神だの仏だのという言葉が出てくる意外さが、なぜか可笑しくて笑ってしまった。お前自身も自分に似合わない言葉がどこから咄嗟に出てきたのか分からない可笑しみがあったのか、二人で顔を見合わせて笑ってしまった。しかし、食べられないと思うとますます腹が減ってきて、結局二人とも眠れずにしみじみと朝を迎えた。

三年目の終わりに、俺は運転士の訓練を終えて国鉄の職員になる手はずだったが、実技

試験に落ちて浪人みたいにしていた時期があった。もちろん給料は入らないので、所持金はすっからかんになっていた。その頃お前は夜学の四年目で雑貨専門の小さな貿易商社でアルバイトをしていた。お前の給料日の夕方、俺はその会社の門の前まで行き、お前が出てくるのを待った。所持金が全くなくて、朝から何も食べていなかったのだ。お前がアパートに帰ってくるまで待つつもりでいたのだが、どうにも腹が減って我慢が出来なくなり、一刻を惜しんでお前を待ち伏せしていた。

（間。矢尾井がティッシュを取り出して痰を出している。東京拘置所があった頃の池袋東口には、安くて妖しげな一杯呑み屋と洒落た店が混在していた。現在のサンシャイン通りである）

いや、失礼。

覚えているかい、「セッシ・ボン」という当時としてはモダンな名前のレストランで、俺もお前もハヤシライスという西洋料理を初めて食べて感激したことを。俺が山手線の運転士になった時、今度は俺の給料であの「セッシ・ボン」のハヤシライスをごちそうすると約束をしていたが、それぞれの生活が始まると時間の調整がつかずに何年か過ぎ、約束したことすら忘れてしまっていた。思い出したのはお前の結婚式の日だった。後日、お前の新妻ともどもその店に行ってみたが、残念ながら既にあたりの様子が一変しており、東京拘置所も移転して街をつくり直す大規模工事が始まっていた。

そういえば、お前が結婚したのは結構早かったなあ。大学を五年かけて卒業し、アルバイトしていた貿易商社にそのまま就職して、とりあえず落ち着いて間もなくだった。同じ職場の先輩社員である女性と懇ろになり、二年ほど付き合って結婚したわけだが、子どもが生まれて何年か後に別れてしまった。可愛い女の子で、俺にもなついていただけに、別れる時の子どもが可哀そうだった。女房との間で何があったのか、本当のところは俺も知らなかった。子どもが生まれる直前にお前が事件を起こして、会社を馘になったのが原因だったと、俺はオレなりに長い間そう思っていた。

事件の発端は、今でいうパワーハラスメントだった。職場の妊娠した女性社員に嫌がらせを繰り返して辞めさせようとしていた上司を殴って、怪我をさせてしまったからだ。忘れちゃいないだろうが、警察署にお前を引き取りに行ったのは俺だぞ。身重の妻を抱えて職を失い、失意のどん底にいるお前をどうやって慰めようかと悩んだのは俺の方なんだ。お前の正義感や優しさは称賛できても、自分一人で生きているわけではないのだから、周りに与える影響やその先を冷静に見て判断することも必要だったんじゃないか。俺も今だから偉そうに言えるが。

問題は離婚原因だったが、実は生まれた女の子がお前の子ではなかったという事実が、六年ほど経ってから判明したということだった。今のようにＤＮＡ鑑定が気軽にできない時代だったが、ＡＢＯ鑑定でもはっきりわかるくらいの血液型不適合だった。お前がＡＯ型で女房がＡＢ型だったが、生まれた子どもはＯ型だった。高校の生物学の知識しかない俺でも、明らかにこの組み合わせの夫婦からＯ型の子どもは生まれない。その上に、これは後で分かったことだが、体質的にお前には子種がなかったという検査結果だ。これは決定的だった。お前の女房には逃げ場がなくなっちまった。

お前の結婚生活がギスギスしたものになったのは、何とも気の毒で見ていられなかった。無理もない、お前は最も身近な人間に裏切られ、六年もの長きにわたって欺かれていたわけだから。

不幸な結婚生活は娘が小学校に上がる直前にピリオドが打たれた。女房が浮気した男の子どもを生んだ事を認めて謝罪し、子どもを連れて家を出て行った。時々お前の家に顔を出していた俺にも懐いていた女の子は別れ際、何度も振り返った。その悲しげな顔は今でも忘れられない。その時お前は妻子がだんだん遠ざかって行くのを背中で感じながら何やらブツブツ言っていた。

やっぱり、辛いよなあ。悲しいよ。

これまで一緒に生きた時間の中にさぁ、何かがギッシリ詰め込まれているんだよなあ。

虚構の家族だったけど、一緒に飯食ったり笑ったり泣いたり、喧嘩もしたけど、雨が降れば傘をさし、寒い日には肩を寄せ合い、一つひとつのことに嘘はなかったわけだし。どんな些細なことでもさあ、思い出を喪うのは身を切るよりも悲しいよ。今ならまだ後を追いかけて引き戻すことができるかも知れない。けど、失った時間はとり戻せないし、心に残った傷は修復できないんだよなあ。

お前の声はむしろ呻きに近かったと思う。水鼻をすすり上げる音に無念さが滲んでいた。その時の心情を精いっぱい吐露したお前らしい言い方だった。その後お前は再婚もせずに、こうして棺桶に入るまで独り身を通したわけだけど、お前が再婚もしなかったことが、実は俺にとっても迷惑な話だったのだ。

（間。矢尾井が呼吸を整えるように肩で息をしている。しばらく沈黙）

俺が結婚したのは、三十七歳のときだった。妻は九歳下の二十八歳で、もちろん初婚だった。当時としては、二人とも晩婚の部類だったろう。その年齢を超えると、独身のまま墓場まで直行する人が多く、俺の周りに何人もいた。その壁を超えるか超えないかという、決断の時期にいた。お前にもさんざん言われてきたし、実際に結婚相手を紹介してくれたこともある。だが、俺は結婚という枠を嵌《はめ》られるのが正直、怖かったのだ。

家庭という箱の中に入れられると、俺っていう人間は、その中でしかものを考えられなくなるような男なのだ。自分の生き方を狭めてしまうのではないかと恐れた。両親を失い、頼りの叔父もあの世に逝っちまっていた。一人で生きることも、結婚する勇気も持てないで先延ばしにしていた。あまり物事を真剣に考えない俺が、その先をどう生きるかをぐずぐずと考えていた時期だった。

職場の上司にお供して当時浅草にあった老舗の日本料理店に行ったことがある。上司の馴染みの店だった。そこに蓉子がいた。会ったとたんに、理由は分からないがこの娘となら、一緒に生きられるという予感がした。平たく言えば一目惚れだな。客の接し方が滑らかで気持ちがいい、それに美人だった。ぶきっちょで嘘がつけないだけの男とは何もかも正反対だった。このあたりの話しはお前にもしたことがあるはずだ。恐る恐る上司に相談すると、喜んで仲に入ってくれた。蓉子も婚期を意識していた時期らしく、話しが意外に早くまとまった。

後で分かったことだが、俺の上司と、料理長でもある店の主人が高校時代の親しい友人で、蓉子はその料理長の長女だった。すぐ下の妹は既に嫁いでおり、三女は大学生になったばかりだったので、店の切り盛りは蓉子一人にかかっていた。婚期がやや遅れたのもそのためだった。父親はもともと公務員のような堅い職業の男に嫁がせようと考えていた節があった。上司も料理長の話を聞いていたに違いない。もしかしたら上司と料理長が仕組んだことかもしれないが、真相は分からないままだ。

新妻の蓉子は、めんこくて、めんこくて。どこへ行くにも連れて歩いた。もちろん自慢したくて。見よう見まねで覚えたのか、もともと味感が良いのか料理の腕もよく、ことある毎にお前を招いて夕食を振る舞ったり、お前のアパートに夫婦で押しかけて独り身のお前に栄養のある物を食べさせようと腕を振るっていた。お前もそれなりに喜んでくれたよな。

その頃の俺は酒を呑まなかった。呑めないことはなかったのだが、山手線の運転士になって十六年目、飲酒に関しては厳しく自制するように言われてきたせいもあるが、深夜勤務や早朝勤務があって、体調に気を使って酒を呑むなど俺の性にあわなかったのだ。酒のにおいを残して乗務しただけで配置転換を強いられたり、教育部屋に入れられて辞めて行った運転士を何人も見ている。だから俺は、自分を律して呑まなかった。

どういうわけか蓉子はお前ともよく気が合っていた。話すテンポが合うだけでなく、話題が縦横無尽に広がって行くようだった。俺はその逆で、話しがだんだん小さくなっていき、気が付くと自分のことだけを話している。悲しいかな、いつからそうなっちまったのか、興味があるのは自分と「自分の側にいる人」のことだけで、そういう人たちと一緒にいて楽しいか楽しくないかだけ、いたって単純なんだ。

蓉子は酒も強かった。お前の酒の相手は、専ら蓉子だった。蓉子の手料理で夜遅くまで酒を呑み、楽しい会話で盛り上がっているお前と蓉子を見ると、ちょっぴり俺は淋しい思いをしたこともあった。だが、それも親友のお前とひとつ家族のように過ごせるということが、何物にも代えがたい貴重な時間のように思えたのだ。

結婚三年目くらいになると、三人で近場の行楽地へ遊びに行ったり、中古車を買ってドライブしたり、三人で一泊旅行をしたこともあるな。長野にある貸別荘には二年続けて春と秋に出かけているし、北国の町を再訪する際にも三人一緒だった。あの頃が、俺の人生の中で最も楽しく充実していた時期だったと思うんだ。父に去られて借金取りに追いつめられた母を突然に亡くした、あの冬の日の地獄絵、暗い過去を引きずっていた俺には極めて贅沢な時間だった。過酷な運命を背負ってきた俺にだって、人生を楽しく生きる権利があるはずだと、自分を明るい未来へ押し上げようと努力していた。

蓉子はそんな俺を受け容れてくれた女だった。俺だけに特別優しいのだと思い込んでいた。だが、人間は概ねそうであるように、そういう人は万民に対して優しく存在するものだ。しかし、お前に対しては違ったと俺は感じていた。お前に対する蓉子の優しさは格別のものだったのではないか。少なくとも身近にいる俺は、蓉子にもお前にもそう感じていた。

俺はあの頃、口に出して言わなかっただけなのだが、口に出してしまうと事態の輪郭が明瞭になり、後戻りできない意識に囚われてしまう。俺の心が意図しない方向に引っ張られ三人でバランスよく組み上がっていた二等辺三角形に歪みが生じると思ったからなのだ。

最初にそう感じたのは、結婚四年目の終わり頃で、山手線の内回り電車を運転中に人身事故があった日だった。人身事故というのはほとんどが死亡事故なのだが、その日も女性の飛び込み自殺があった。当時は運転士と車掌がその場で遺体処理をしなければならない。その為に前掛けやゴム手袋などを運転席に常備してあるのだが、遺体のほとんどは部位がはみ出し肉片が四方八方に飛び散っていることが多いものだ。線路上に肉片が残らないように拾い集めて警察に渡し、出発する。俺は生涯三度も鉄道自殺に遭い、その都度遺体を処理してきたが、その時はまだ一度目に過ぎなかった。もちろん何度遭遇しても心身共に疲弊するだけで慣れるものではない。

その日もくたくたに疲れて、いつもより二時間ほど遅れて帰宅した。型どおりではあるが、電車を降りてから警察の事情聴取に時間がかかったからだ。蓉子はいつものように迎えてくれたが、何か落ち着かない様子だった。人身事故の処理をして来たと言うと、玄関に備えてある清めの塩を俺の体に振りかけながらもそわそわしている。どうしたのだ、と聞くと蓉子は、俺が帰るのをじりじりしながら待っていた様子で、

根津さんが高熱を出して寝込んだらしいんです。心配なので看病をしに行ってあげたいのですが、いいでしょうか。

そりゃあ心配だ。俺も一緒に行くよ。

貴方はお疲れでしょうから、休んでいて下さい、お粥のようなものを作って食べてもら

い、小一時間ほどで戻りますから。

概ねそんな会話をしたと思う。ところが、蓉子は二時間たっても三時間経っても帰らない。だんだん心配になって来て、いらぬことを考えてしまった。結婚してから殊に俺の懐疑心が頭をもたげてきて、時間が経つにつれて膨張してくる。

根津は本当に高熱を出して寝ているのだろうか。看病が本当に必要なほど重篤な状態なのだろうか。もしかしたら仮病を使って蓉子を呼び寄せ、二人で睦み合っているのではないか。もしかしたら以前から俺のいない間に、二人は密かに会っていたのではないか。もしかしたら、もしかしたら……言葉が行列を作って頭の中でうねり始めた。

俺の思いが本当だとしたら、もう取り返しがつかないことになっているに違いない。蓉子が俺の躰に接したようにお前に接しているのかもしれない。お前も俺が蓉子の躰にしているようなことをしているに違いない。蓉子のしなやかな腰つきや太ももが眼にちらつき、お前に対する気持ちが次第に煮えたぎってきた。そうだとすると俺はもう限界だ。我慢の限界点を超え、体も心もばらばらになり、壊れてしまうに違いない。なぜ帰って来ないのだ、なぜそんなに時間が掛かるのだ。正気を逸脱している。

お前のところに怒鳴り込んで二人を引き離そう、もうそれしかないと考えてマンションを飛び出した。が、途中で思いとどまり、引き返した。もし、二人が睦みあっている場面を目の当りにしたら、俺はもう生きていけないと思った。その場で俺はどんな行動に出るか自分でもわからない。もし何事もなかったとしても俺の形相をみた蓉子もお前も、俺の本音剥き出しの顔を見て畏怖するだろう、俺を軽蔑するだろう、そして俺に愛想をつかすだろう。俺は親友のお前と蓉子を同時に失うことになる。また俺はあの冬のように一人ぼっちになってしまう。一人で呼吸し一人で飯を食い一人で寝る、そんなことは耐えられない。気が狂いそうだ。

間もなく蓉子は帰って来たが、疲れているのかお前の様子を聞いてもあまり話したがらない様子だった。

少し安定してきたので。

病院は？　薬は飲んだのか？

明日の朝までに熱が下がらなければ病院に行ってみると言っていました。

と言葉少ない返事だった。疲れているのだと思い、それ以上は聞かずにおいたが、蓉子とお前に対する不信感は、この時俺の中で勝手に芽生えたといってもいい。

翌日の朝早く蓉子は俺が出勤する前に、根津さんの様子を見てきます、と言って出ていった。いつも作ってくれていた弁当が、いつもの所にない。忘れたのか、すぐ戻って来て作るつもりだったのかはわからないが、それまで一度もなかった蓉子の〝忘れ物〟だった。お前の所に行くのは一向にかまわないし、むしろ俺が行ってやりたいと思っていたくらいなのだが、俺のことよりもお前のことを優先している様子の蓉子に少し腹がたった。

午後の早い時間に帰宅すると蓉子が、根津さんははしかに罹っているらしいのよ、と言うので今度は二人でお前を病院に運んだ。車を運転しながら、お前が熱を出しているのが嘘ではなかったと少し安心したものの、すぐ入院ということになり付き添いが必要になった。すると別な心配が出てきた。

はしかは成人になってから罹ると命に係わる事態になりかねないという。俺はそれまではしかに罹ったことがないので、感染する恐れがあった。子どもの頃に一度罹っていて免疫ができているはずだと言う蓉子が付き添うことになった。看護師が根津をベッドに横たえながら蓉子にこう言った。

念のため、奥様も消毒液で手を洗ってうがいをしておいてください。家族の方が感染すると共倒れになってしまいますので。

はい、わかりました。

そう言ったあと、俺は蓉子の受けごたえに少し違和感を覚えた。なぜ、わたしは奥様なんかではありません、とキッパリ言わなかったのか。今度はまた俺の中で別な心配が出てきた。もしかしたら、蓉子は間違われることに無意識裡にくすぐったいような心地良さを感じていたのか。

蓉子とお前を、病室とはいえ同じ部屋の中に長時間にわたって居させることの、まさにいらぬ心配が起きて来た。手足や顔や腕とはいえ何かの拍子に皮膚が直接触れ合うことで、図らずもお互いに感情反応があっても不思議ではない。ほんのちょっと目が合うだけで、蓉子の心にときめきが起こるのではないか、そうでなくても一緒にいる時間が長ければ長いほど、二人の心に絆を深く刻むのではないか。邪念が増幅し、時間が経つにつれて掴みどころのない焦燥に駆られた。

二人を病院に残してマンションに帰って来てから、俺はますます心が落ち着かず、一人で禁断の酒を呑んだ。徒手空拳の苛立ちを吐き出すようにベランダから夜空に向かって咆哮した。蓉子の心がお前に根こそぎもっていかれてしまうのではないか。あの大学の推薦入学選考時のようにお前に負けて惨めな思いをしたことを思い出した。少年時代から何かにつけてお前に負け続けた記憶が呼び覚まされ、呻きながら酒を呑んだ。部屋の中を獣のようにうろつきながらウイスキーを生で呑んだ。

どのくらい時間が経ったか分からないが、気が付くと窓の外が白み始めていた。慌てて飛び起き、その日乗務する山手線の駅に駆け込んだが間に合わなかった。別の運転士が乗務して出発したところだった。遅刻それ自体もお咎めの対象になるが、その場で酒の匂いを嗅ぎつけられて問題が大きくなった。直属の上司に教育部屋行きだと凄まれた。教育部屋とは、日勤教育と言う名のもとに、仕事は与えられずに一日または数日間、部屋の中にじっとしていなければならない状態を強いられる、一種の懲罰だった。

幸いにも蓉子と結婚する時に世話になった上司がその上の上司になっていて、大目玉を食っただけで懲罰は免れた。免れたがその上司に、「蓉子さんを悲しませるようなことはするな」ときつく言われた言葉が胸に突き刺さり、しばらく立ち直れなかった。

あれもこれも、お前がいるからだと俺の中で恨み節から呻きに変わっていく。嫉妬も深酒も懲罰まがいの失態も全て、お前が近くにいるから起こったことで、お前さえいなければ俺たち夫婦は何の問題も生ぜず平和だったのだ。お前が俺たちの周りにいるだけで災害が降りかかると、独善的に考えて落ち込んでいた。お前は俺たちにとって疫病神なのだと。

やつれ顔の蓉子が帰宅したのは翌々日の昼頃だった。蓉子はひどく疲れているように見えたが、俺の頭が嫉妬で狂い、判断が歪んできていたのだと思う。根津さんと一緒に退院して来た、一緒のタクシーで根津さんをアパートまで送って来たの、根津さんと素うどんを一緒に食べてきたの、根津さんが、根津さんが、と連呼されると俺のなかにみるみるストレスが溜まっていくのがわかる。胸の辺りが息苦しくなった。だが、喉元まで出かかった悪態を蓉子にぶつけるのは憚《はばか》られた。悪いのは、あくまでも根津、お前なんだと自分に言い聞かせるように呻いた。その夜少し強引に蓉子の柔らかい素肌を抱いた。
ところが翌日、とんでもないことが起こったのだ。

（矢尾井が突然激しく咳きこみ出した。付き添いの看護師が矢尾井の背中をさすりながら、もう病院に戻りましょうかと言った。それに対して矢尾井は声を絞り出すように毅然として拒否している。しばらく沈黙が続いた）

お前が退院した翌日、今度は蓉子が高熱を出して倒れた。すぐお前が入院していた病院に連れて行った。はしかだという。信じられなかった。だって、蓉子は免疫があると言っていたではないか。だから、俺ではなく蓉子にお前の看病を任せたんだ。何かの間違いではないか。本当は免疫などなかったのではないか、根津を看病したくて蓉子は嘘をついたのではないか。お前に連絡すると、

今度はオレが看病するよ。蓉子さんには世話になったしなあ、お返しをしたいんだ。
だってお前はまだ完全に恢復していないだろう。
いやもう大丈夫だ、免疫もできているだろうからな。

お前は何だかんだ理由を付けているけど、結局は蓉子と一緒に居たいんだ、二人だけになりたいんだと解釈し、俺はますます意地っ張りになった。俺がはしかに感染したとしても、構わず蓉子の看病をし続けようと思った。お前の見舞いは断って蓉子の傍に張り付き、お前の入り込む隙を作らないようにしようと考えた。

翌朝になっても蓉子の熱が下がらなかった。全身に発心ができてピンク色に染まっている。高熱が続くので、お昼近くになってから再び解熱剤をうってもらったが、熱は下がらない。時々熱にうなされて起き上がろうとしながら声をあげるが、はっきりとは聞き取れない。蓉子の手を取りながら耳を近づけるのだが、微かに空気が漏れる程度にしか聞こえない。こういう状態が午後もずっと続いた。

夕方になってから、ほとんど付ききり状態で蓉子の容体を診ていた医師が神妙な顔つきになった。俺は気が動転した。喉が渇いた。

家族の方を呼んでください。

私です、私が家族です。

親兄弟など身近な方々も、です。

先生、妻はそんなに悪いのですか。

申し訳ありません、念のためです。

概ねこんな会話だった。俺は慌てて蓉子の実家や根津に連絡して来てもらった。蓉子の両親のほか都内に嫁いでいる妹とまだ大学生の三女、それに横浜にいる伯父夫婦などが顔を揃えた。蓉子の母親の話しでは、やはり蓉子ははしかに罹ったことがなかったと言い、妹二人が罹っているので自分も罹ったのだと思いこんでいたのだろうか、それにしてもと続けた。なんではしかくらいでこんなに重症化してしまうのか、それぞれが一様に納得できないといった様子で蓉子を見守っていた。蓉子は時折声を出そうとして口を開けるので、耳を近づけると声にならずに消えて行く。何かを言いたいのか、何かを欲しているのか、その表情からは読み取ることはできなかった。

深夜を過ぎる頃になると、蓉子の息が細くなり、酸素吸入器が用意された。血圧も下がり始めた。ほぼ全員が蓉子のベッドわきに揃って声をかけ続けた。主治医が最後の脈を取り瞳孔を調べて、閉じた。午前二時十九分、蓉子は息を引き取った。

あっけない死だった。結婚して四年目、三十二歳と五ヶ月余りの死、悪魔に騙されたような旅立ちだった。あっという間の出来事だった。生涯忘れることのできない事件が、俺の目の前で起こってしまったのだ。

お前は知らないだろうが、蓉子が死んでから俺は腑抜けみたいになって何日かを過ごした。激しい喪失感に見舞われた。両手両足を一度にもぎ取られてもこんな喪失感にはならないだろうと思われた。世間で言われている「パートナー・ロス」というやつかもしれないが、俺の体のどこかに穴が空いてしまったみたいで、何をやっても現実が感覚に伝わってこなかった。全身の神経がところどころ断裂してしまったように、すべての事柄に実感が湧いてこないのだ。人の話しも上の空、味覚が狂い、酒を呑んでも一向に酔えない。

上司に有給休暇を願い出た。受話器を置く直前に、電話の向こうでチッと舌打ちする音が聞こえたが、その音が何を意味するのかも咄嗟にはわからなかった。数日間部屋に閉じこもり、ウイスキーをがぶ呑みし、寝て起きて咆哮し、ベランダに出て、はるか下の地面をじっと見ていることもあった。気がついて、身震いしながら戻ってくるのだが、またいつの間にか、ベランダに近づこうとしている。あるとき突然俺の頭に湧いてきた。

蓉子は何で死んだんだ？

根津の看病からはじまったんだ。

根津がはしかに罹らなければ、根津が再婚していて支える家族がいれば、蓉子も看病に行かず、罹患することもなかったわけだ。

いや待て、結局、蓉子は根津に命を吸い取られたのだ。根津に殺されたんだ。

おい、根津！

蓉子を返せ、蓉子をあの世から取り戻してこい。
でなければ、俺がお前を殺す！

（矢尾井は興奮して立ち上がり、何かを叫んだが、すぐに沈黙した。興奮が治まると棺に車いすを近づけて棺の小窓を開け、根津の死に顔をじっと見つめた。看護師が点滴装置を少し移動した）

この野郎、仏様のような顔して眠りやがって。これまで俺をどんなに苦しめてくれたか。とんだ悪党野郎だぜ。お前が死んで、俺は清々してるわ。もしお前が死んでいなければ、俺が殺していたかもしれないんだ。

根津、お前も知っているだろう、俺は執拗な男でな。蓉子はお前に殺されたと、ずうっと思っていた。この恨みは一生忘れない、そう思っていた。もう俺の前に現れないでくれと心の中で何度叫んだか。どうやってお前を殺そうかと真剣に考えた。嘘じゃない、殺す準備をしていたんだ。一回や二回じゃないぞ、ことある毎にだ。直接手を下すのではなく、自らあの世に行ってもらう方法はないか、偶然にも事故に遭うような仕掛けはないかなど、酩酊した頭の中でいろいろ考えた。同じように考えがぐるぐる頭の中をまわっているだけで一向に前に進まない。

人間死んじまえばそれで全てがお終いになっちまう。すべてがゼロにリセットされる。

生きていて苦しんで、のたうち回るように死んでもらう方法はないかとも考えた。だから、お前からはつかず離れず、側にいて苦しめてやろうと考えた。お前といる時はいつも明るく笑顔を絶やさないようにしていた。俺が再婚したのも、再婚しないお前にあてつけるつもりでもあった。お前が再婚していれば、蓉子もはしかにかからずに済んだんだ。滑稽にも俺の再婚は三ヶ月で終わってしまったが。

お前がトレーラーの後輪に自転車ごと轢かれて片足を失くした時は、内心俺はほくそ笑んだものだ。実に愉快だった、ザマー見ろっていう感じだった。笑いをかみ殺したような顔、お前にひょっとこのお面みたいな顔と言われたけどな。そんな邪悪な生き方がしばらく続いたんだ。

蓉子が亡くなってそんなに日がたっていない頃だった。お前と呑み疲れて都心の歩道橋を歩いていた。俺は吐きそうになり、歩道橋の欄干に手を掛けて耐えていた。下は車の海だった。お前は俺が飛び降り自殺でもするのではないかと、慌てて俺の後ろからしがみ付いてきた。あの時ひらりと身をかわして、お前を歩道橋の下に突き落としたらどうなるだろう、と一瞬考えた。柔道の心得がある俺に、到底お前は敵わないだろうと思った。ところが、お前の執拗なしがみ付きに抗しきれず、二人とも歩道橋に尻餅をついてしまった。尾骶骨を打ってしばらく立ち上がれなかったお前は、それこそ死にもの狂いだったのだ。

そういうお前を見て、俺は自分が恐ろしくなった。一瞬でもお前を殺そうとした自分の潜在意識に怯えた。未必の心理が現実の殺人行為となって現れることの怖さに身が震えた。誰が見たって、蓉子の死はお前のせいなんかじゃない。そんなことは百も承知だ。だが俺は、情けないかな、「蓉子ロス」から長い間脱却できなかった。俺はお前に矛先を向けることで、辛うじて自分の足で立つことが出来たんだ。蓉子がいなくなってからは、そうするしかなかったんだ。

お前に向けていたエネルギーをこれからどこに向ければよいのか、お前のいなくなった俺は自分の顔さえも確認できなくなった。お前に寄り掛かるようにして自分の存在を確認して生きて来たんだ。自分のことしか考えられない情けない人間なんだ。卑劣な男なんだ、俺は。

（矢尾井が棺から顔をそらす。間。看護師が棺の窓を閉めようとするのを矢尾井が手で制止した）

おい、こんな卑怯な男をどうして見放さなかったんだ。どうして死に体の俺を捨て置かなかったんだ。俺は親切にされるほうが苦しいんだ。お前と対峙している方が、俺は元気が出ることに気付いたんだ。お前だって気づいていたんだろう、俺がお前に殺意を抱いていたことを。

だがな、こんな俺でも、最後の最期まで、お前は俺に優しかった。幼なじみとは言え、こんな危ない男と知りながら、よくこれまで親切にしてくれたなあ。車いすに乗っているお前がさあ、俺が自力で動けなくなっても小まめに面倒を見てくれた。毎日のように、俺の病室に通ってくれた。

考えてみれば、お前は子どもの頃からよく俺の話を聞いてくれた。いや、俺だけではなくだれでもだ。自分のことは二の次三の次にして、よく話を聞いてくれたよな。話を聞いてくれるだけで、俺はどんなに救われたか、どんなに勇気づけられたか。

いつかお前は、「死んでも必ず死体は残るんだ」と言ったことがある。俺が末期の肺がんと診断され、お前より先に死地に向かうような羽目になっちまったあとだ。余命半年と言われた時、俺は自分のことではないような気がしていた。お前のほうが衝撃を受けていたのではないかと思う。顔が青ざめ声が出なかった。実感覚の鈍い俺の方が冷静に、どういうことになるのかと具体的に考えた。暫くして、このスカイツリーの見える呼吸器内科から出られずに終わることとなのかと考えた。そんなのは嫌だ、そんなことで一生を終わりたくないと思った。

だから、一人で旅に出ようと考えた。地平を越える旅になるかもしれないが、母のように死地への旅ではない。父のように自らの存在を消す為の旅でもない。自分でもよくは分からないが、自分を最後まで見詰める旅をしようと思ったのだ。だが、実際はお前との空想旅行で終わってしまったが、それでも俺は満足だった。あんなに長い時間、お前と真剣に向き合って何かをつくり上げようとしたことはなかったような気がする。本音をいえば、とても海外旅行に行ける体力は残っていなかったのだ。

お前と出会って五十数年、ひよっ子の時もややこしい年齢の時代も、楽しかった時も狂気じみた時期も、幸か不幸か一緒に過ごしてきた。一緒の時代を生きて来た。今、お前は自分の死体を残して永遠に沈黙してしまった。目も見えず耳も聞こえず口もきけない。お前は今ここにいるが存在していない。死の淵に喘いでいた俺の死体を見るはずだったお前が、俺に死体を晒している。

根津よ、今から一緒に俺たちの故郷に帰ろう。お前の死体を小舟に乗せてあの運河に漕ぎ出し、水面を掻き、水しぶきを上げ、雨に打たれ、風をくぐり、幾多の隘路や障害に阻まれながら時を遡り故郷にたどり着き、人々の訛りに耳を傾け、もう一度やわらかな空気の中に身を横たえよう。お前と一緒に行った堰堤の芝生はまだ青いだろうか。歴史教師は大声を上げ過ぎて喉を傷めていないだろうか。町はずれのわが家、かつて平和だったわが家はまだ形を保っているだろうか。もしかしたら父や母が戻って来ているかもしれない。

俺に与えられた寿命はもうとっくに過ぎている。お前と競ったシーソーゲームはお前の勝ちだが、お前が口癖のように言っていた最後の勝負は負けるが勝ちで、どうやら寿命は俺の方が長くなった。

（矢尾井の弔辞はここで終わっている。引き取り手のない根津の遺体は市民葬で丁重に弔われ、備え付けのビデオに収録されて矢尾井に渡された。矢尾井の亡き後、矢尾井蓉子の末妹が矢尾井のマンションでビデオを発見し保管していたものである）

あとがき

人生は出会いに満ちている。親兄弟との出会いに始まり友人知人隣人、恩師や憧憬する人物、のちに人生のパートナーとなる人など実にさまざまだ。もちろん人だけではない。旅先で目に焼きついた風景、映画のワンシーン、心に沁みる楽曲、生き方に重大な影響を与えた書物などである。出会いがあると、ドラマが生まれる。大抵は気づかずに通り過ぎてしまい、何事も起こらないのだが、そこに何時までも留まっていて自分を動かす存在にまで成長していることもある。もうこれは、囚われているとしか言いようがない。

二十二歳の春、私は東京から夜行列車に乗って学生街のある地方都市に帰ろうとしていた。睡眠剤代わりに買おうと入った本屋の棚から偶然手にした文学全集の帯を見て驚いた。そこには開高健が「文学はここで終わった」と論評していたからである。どういうことなのだろう、とその分厚い本を開いて数行に目を通し、すぐに閉じてレジに向った。夜行列車の十数時間、一睡もせずにその本を読み耽り、重い衝撃を受けた。一九六九年二月に発売された『新潮世界文学47 サルトル』に収録されていた一編の小説だった。

翻訳本（白井浩司訳）でもあり内容を充分に理解できたとは到底思えない、自分の裡に何が起きているのかもわからなかった。だが、文章の透明な簡潔性とゆるぎない構文、自らを曝け出す荒涼たる心象風景、張り裂けんばかりの冷静なる叫び、読者の心に容赦なく切り込んでくるリアリズム、直截的なレトリック、そのどれもが衝撃的だった。もしこういう文章が自分に書けたなら、もう死んでもいいくらいに思えた。趣味で小説を書き始めたのはそれよりも少し前だったが、爾来、私は小説を書くことを止め、ひたすら心に浮かんだフレーズをノートに書き留めるだけになった。

あれから膨大な時間が過ぎ去り、勤めていた銀座の出版社で定年を迎えようとしていたが、人生に何か物足りなさを感じてもいた。ある日、自宅の片隅で眠っていたA４のノートに目が止まり、憑かれたように読み返し、妻のパソコンを借りて食卓テーブルで再び小説を書き始めた。一週間ほどで書き上げたのが『崖』だった。幸運にも日本海文学大賞をいただき、世間から励まされているような錯覚を覚えた。

書きたいときに書きたいものを書く生活をして十年が過ぎようとしていた。そろそろ書きためた作品をまとめてみようかと考えていたところで出会ったのが、牧歌舎の竹林哲己氏である。その出版人らしい誠実さに励まされて作品集として世に出してもらうことになった。拙い作品ですが、一読していただければ望外の喜びである。出版にあたって編集の実作業を担っていただいた牧歌舎の田村公生氏に御礼申し上げるとともに、私のそばでいつも明るく励ましてくれた家族に感謝したい。

二〇二〇年四月

大島　直次

著者略歴

大島直次（おおしま なおじ）

1947年北海道生まれ。大学在学中から小説を書き始め、出版社にて企画部門および月刊誌の創刊・編集に携わる。定年直前に書いた中編小説『崖』で第18回日本海文学大賞受賞。現在は専門学校で講師を務めながら、執筆活動を続けている。
本書に収録しなかった主な未発表作品に、『祭りの午後には息子を探して』（太宰治賞予選）、『洪水』など。また、エッセイでは『いもうと』（文芸思潮40号掲載）、『ぼくの叔母さん』（『盆の歌が聞こえない』より改題 文芸思潮45号掲載）、その他の受賞作品に『老いの車』、『オリンピックの季節の後に』などがある。

初出作品
『崖』北陸中日新聞（2007年11月連載）
『ラスト・トゥデイ』文芸思潮（2015年秋号）

崖

2020年6月1日 初版第1刷発行
著　者　大島 直次
発行所　株式会社牧歌舎 東京本部
〒101-0064　東京都千代田区神田猿楽町 2-5-8 サブビル 2F
TEL.03-6423-2271　FAX.03-6423-2272
http://bokkasha.com　代表：竹林哲己
発売元　株式会社星雲社
〒112-0005　東京都文京区水道 1-3-30
TEL.03-3868-3275　FAX.03-3868-6588
印刷製本　株式会社ダイビ

ISBN 978-4-434-27582-1　C0093